# 比云灿烂

周承强 ◎ 著

光明日报出版社

**图书在版编目（CIP）数据**

比云灿烂／周承强著. --北京：光明日报出版社，2018.7

ISBN 978-7-5194-4350-4

Ⅰ.①比… Ⅱ.①周… Ⅲ.①诗集－中国－当代 Ⅳ.①I227

中国版本图书馆CIP数据核字（2018）第150929号

## 比云灿烂
## BI YUN CAN LAN

著　者：周承强

责任编辑：李　倩　　　　　　　　　责任校对：傅泉泽
封面设计：李尘工作室　　　　　　　责任印制：曹　净

出版发行：光明日报出版社

地　址：北京市西城区永安路106号，100050

电　话：010-67078248（咨询），010-63131930（邮购）

传　真：010-67078227，67078255

网　址：http://book.gmw.cn

E－mail：renqing339@126.com

法律顾问：北京德恒律师事务所龚柳方律师

印　刷：北京荣泰印刷有限公司

装　订：北京荣泰印刷有限公司

本书如有破损、缺页、装订错误，请与本社联系调换，电话：010-67019571

开　本：152×230　　1／16

字　数：250千字　　　　　　　　　印　张：15.25

版　次：2018年7月第1版　　　　　印　次：2018年7月第1次印刷

书　号：ISBN 978-7-5194-4350-4

定　价：48.00元

# 目录

第一辑

穿越人间

# 清明看父母

一年未见，你们居地又有变化

清明草开满花朵，比去年笑得更欢

金樱子、杂毛草和刺藤拱起老高

一镰刷去，虚空一大截

像你们生前瘦骨嶙峋的腰身

坟包下沉许多，形状不太规则

什么东西使你们还像从前一样不堪重负

据说空气多了一些颗粒，水中含铅

这些你们是否还和从前一样无法拒绝

有些事物不用担心，比如畅销的转基因蔬菜

你们生前舍不得购买，以挑粪自种为乐

比起去年周围环境更寂静了，鸟鸣少了

杉树缺乏修剪，碎草封路青藤复活

村庄的孩子少了许多，没有以往吵闹

你们不喜的生育瓶颈有些松动，可儿媳老了

而我有些驼背，很多事情承受不住

这世界太喧嚣，日子防不胜防

你们衣服还像儿时一样宽大就好

我想钻进里面哭一阵，让心灵安静一会

2018.4.7

# 木柴留在墙上

老家墙上可以研读心得，穿越时空
历史在上面拉扯皮影戏，虫蚁杀伐不竭
木柴是最大主角，先人在帐后哼哼哈哈
炊烟袅袅是常态，噼啪作响才叫真正伴奏
斧下火里都是这种脆响，只苦了砍柴人劳作
任你膀阔壮汉还是青头小伙都害怕
一声咳嗽，血丝串起山脉的沉重
时间在不经意中折腰，这是乡下大事
百年不改亲人的忧愁，女人在灶里煮水
用苎麻一根根拉长痛爱的情丝
喝下这碗苎麻水的亲人没有痨伤
三五天便可阔步田野，挑山担水健步如飞
梦里走全大暑小寒四岭八村
十四岁那年我也喝过这水，那时母亲还在
安慰我历练这回力大无穷
父亲埋怨我柴捆太硕心思太贪
如今煤气风行山村，砍柴成为笑话
女儿调侃别把故事编得过于沉重
真实情况只是木柴的一次旅行

它从岩巴佘家山林来到港边周家

经过斧斫火攻灶膛练功，再在老屋黑墙上

留下一些不为人知的传说，仅此而已

2018.1.10

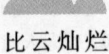

# 鸡公车走散山脉

不只是飞蛾鸟群，怎么折腾也飞不出
幕阜山连绵深林，不只是爬虫走兽
转来转去回到原地，默默倾听岩石的叹息
看着一棵栎树的镇定无可奈何
在随阳山走动，靠着明清老墙回味
能感到还有比历史更幽深的存在
一切尚没开始，随着猎户指向
幕阜山余脉远不见头，山势逐渐宽阔
相遇的山民都像亲人沉默寡言
问路毫无意义，他们和鸟虫一样
一辈子走过的路儿比山高
却脱离不了这段山脉，例外的只有鸡公车
这些不挑路况的楸木车不受阻拦
随人律动无孔不入，越走越远
一路心无旁骛叽嘎怪叫，让人哭笑不得
在这叫声中一些人不动声色地走向都市
一些人走来走去走成了山脉林带
还有一些人围着鸡公车转哪儿也不去

说山脉终于散了，在鸡公车面前不成样子
这些祖辈埋怨千年的天然屏障微不足道
不如车夫一声吼，山也有小心的时候

2018.1.11

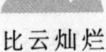

## 敲响脚盆鼓

在幕阜山鸭子也不懂哭泣
大摇大摆走路横看天空
羊群热爱翘首，溪水居高临下
仿佛要展示山岳的气势
山里人性格硬朗，说话不爱拐弯
有事无事敲鼓应对，山角地头咚咚作响
大事小事击鼓作答，声震远近独领神韵
你瞧鼓声覆盖了忧伤的虫吟
亲人故去，全村鼓乐齐鸣送行不舍
新人进门，全村鼓乐相迎欢乐开怀
其中奥秘老人说得神乎其神
铿锵鼓声里山岳起舞万马奔腾
在幕阜山家家悬鼓示富，尊崇有加
我看到一个走失亲人的胖婶不显悲伤
对着月光覆盖的山路敲鼓呓语
天地震荡山呼海啸，声息灵异
碰到的熟人一言不发，手臂呈敲鼓姿势
溪水顺着山势淌出阵阵鼓声

2018.1.12

# 坐车送菜

不是爱情的浪漫展示，不是贵族的
奢侈消费，当年坐车送菜只是迫不得已
十公里路程对十一岁小孩来说异常艰难
这样绿皮火车成了最好旅伴，每周一次
很多小伙伴都是送菜常客逃票高手
从汀泗站到官塘站一晃而过
我们也在这种快捷中受到哥姐表扬
他们在官塘高中的苦读靠送菜支撑
那种多油好吃的酸菜闻之垂涎
有时也会偷吃一口享受片刻
伙伴们相互换尝不顾哥姐感受
有一次小黑菜瓶里竟然有肉而我们没有
可恨的是他不给我尝让人顿生厌恶
这情绪让整个秋天凄凉高远
而我因个头长高突然被列车员罚票
同行去车埠高中的堂姐成了替付人
这让带不上一分钱的我内疚许久
成本增高让我从此失业，反复怨恨小气父母

邻居小弟成了新的送菜人，我一直耿耿于怀

这么多年再也没吃上那么好吃的酸菜

这么多年我活得不如一坛菜

2018.1.5

# 耕牛在暮色中散失

暮色中黄叶飘起，牛铃不响

村口不见牛群回归，荷犁的老农

一起散失，包括令人艳羡的吆喝

村庄沉静得不可预测，灯火稀疏

牛背上浑圆的夕阳模糊远天

那些啪啪作响的牛鞭一动不动

随记忆飞出乌鸦，没有哞哞声刺痛神经

你默念的耕牛不肯回头，地平线远了

公园里牛像呆板，缺乏往日朝气

电影里的牛类无精打采，逐渐陌生

儿童指着呼叫小象没鼻子

似乎我也不曾相识，生活中事物转眼即逝

在陌生的故乡，我是最后的访问人

可以交流的尊者不知去向

大群耕牛暮色中散失，石鼓起舞

偶然碰到的石牛擦身而过，年代久远

2018.1.14

# 风落石金山

在大竹山西侧，白羊港畔
一座石山近乎荒芜，杂草并不茂盛
身披的土层稀薄，叔爷说已不宜葬坟
相比过去山顶削去一截，还叫石金山
从前茁壮的林带被炼铁年代吞没
彭姓看山老人曾在山脚哭成泪人
剩下的岩石深不可测，爆破未能探底
火热年代这山设过不错的石灰窑
烧窑的四川民工说灰质纯净
北风呼啸中父亲买过这儿灰浆修屋
现在风儿照常没来由地光临
缠挂石峰不住，不见树叶飞旋
有人在山顶三三两两种下毛竹
隆冬中秃头的竹种有些枯黄
东山头祖坟寥阔孤单，据说当年
父亲曾为护坟挨过生产队长批斗
明清年份碑记被人抬去修了河堤
如今新立小碑粗糙不显工艺
每年清明都被香烛纸钱熏黑，青苔枯焦

去年我栽种六棵塔柏为老祖宗遮阴解闷
企望重现一下森林盛景壮阔气派
今年树枯坟低，都说有人为破坏痕迹
这说法让我望着远去的河水神情复杂
野蒜飘香不觉泛起一抹淡淡忧伤

2018.5.7

## 扁担与故人无关

从岩巴佘家到泉洪岭，风向转头
不只多走一截山路，塌方时有发生
山与山之间，是心在跑龙套
在曾经砍柴的山坡，感情弱不禁风
挑断的扁担像过去岁月敏感多疑
踢踏碎叶不见踪迹，我追寻的
不只桃花，还有一根褐黄扁担
负重发亮，助我神奇走过三山四岭
这种陌生人的无私馈赠流传山乡
很多挑断扁担的人感激不尽
现在此物成为珍品，残留记忆深处
一根扁担无遮无拦，与故人无关
传说上打昏君下砍贪官中间管闲人
我在幕阜山寻找这根扁担已经多年
或一棵可塑杂树，居然一无所获

2018.1.15

## 蝶飞白羊港

鄂南丘陵地带一条小河寂然无名
经过小镇叫汀泗河，经过老家叫白羊港
它的名字很多一段一名，随遇而安
由此衍生诸多情怀，源远流长
浪花的每一份思念都系挂一个故乡
涛声的每一种呼唤都聚焦一条河流
像栖居的乡民朴实亲和不计高低
儿时放牛滩先辈也曾赤脚走过
小河照下他们插秧荷犁的身影，也放飞
嬉水抓鱼的童年，传说英雄不问出身
每一块鹅卵石写满好听故事
敲一下就有老人扶锄诉说凡人传奇
甩一下水漂就有一阵艺人说书快感
从前河堤不高处处皆是渡口
不用船桥涉水远去的都是大人物
天国将士由此进军金陵，红军战士由此
奔向井冈圣地，好梦不断
叶挺将军涉水之地如今建有小桥

我们走在上面顿觉不同寻常

河水穿越心灵带来神的启示

天色将晚，一群蝴蝶悠悠飞过

2018.5.7

# 祖茔的力量

南风挤北风，一年至少见一面

不见时也曾思念这些村庄的重心

想来想去也就一堆堆土包

在大竹山石金山你们变化不大

里面人从未见过却不陌生

长啥样一概不知却常交流梦境

不经意中带走不少忧伤花瓣

留下的规矩不算神秘却很吓人

小时候老爸常带我来看望

有些描述夸张让人鸟状兴奋惊奇

来一回平添一分力量，山鸡叫声响亮

有时我也学着长辈报报喜许许愿

声音再大里面人也不回应不指责

一年中所做的事情倒是顺风顺水

像是在这吸取了灵气与神韵

这样每年清明都会往上添些土块

坟茔越大心里想法越多感应越神

插上的香烛就越生动得到敲点越准

走多远路程都不觉累有故乡跟随

建多大事业都不觉高有先祖伴行
面对祖茔山高水长我们都很渺小
作为孩子每一年来此添些能量
天空便会辽阔许多
大地上碰到的树木都像故人
我们头发飘扬不可小觑

2018.4.7

# 红花草飞起来

飞起来咯红红绿绿一片

那些锦缎在吆喝中漫天舞蹈

从梦里飞到梦外,从儿时飞到中年

走进白羊畈村故人对你欢笑

很多久未相见的面孔一闪而过

据说有饿死的幺爷混身其中

还有浑不顾身砸锅炼铁的三伯不弃不舍

喜鹊盘旋田野,与柳梢上同类对歌

水牛哞哞地牵引犁耙,泥坨翻身歌唱

红红绿绿的草籽翻滚相伴,一些黄壳虫

逍遥穿插其间,水声混浊

二伯扶犁山歌吼得震天响

一鞭刷飞牛背上的鹊群

那些鸟儿啊反复与人游戏

挖猪草少年沿田塍乱转与什么捉迷藏

不小心挑出的地米菜颗小头大

在风中莫明其妙地摇头晃脑

他们把混杂其中的红花草籽细挑出来

一颗颗放进明晃晃的水田犹如放生水族

说这些小精灵滋润稻谷却不喜猪牛
如果生吞活吃它，猪牛会胀得满地打滚
这些钟情水稻的草类神秘温暖
小时候常常躺卧其上点数星星
如今星星还在高空草类不再显身
和故人一样不再见面说来话长

2018.4.26

# 公鸡打鸣少了

一声两声三两声没有起伏

稀疏冷落不如梦里不似儿时

二奶说村里早不养鸡啦没有打工赚钱

她听孙子说饲料鸡蛋味道清香扑鼻

在老家官塘镇偶然碰到公鸡都是天骄宠物

主人看着它比当年斗鸡更爱惜

这是现实话题，身坐老屋门槛你一言不发

想起从前二爷的公鸡轰鸣如钟

凌晨五时准点引爆一阵鸡鸣合奏曲

父老乡亲应声荷锄迈向广阔田野

空气比兰花香甜比鼓皮脆响

想起从前公鸡大将军一样威武

映入眼角一片彩色屋前村后无处不在

鲜红鸡冠牵着孩童逐日划圈游戏时光

鸡群悄悄带来滚滚财富一帮老人这么述说

鸡鸣三省快乐无限大批小孩这么附和

有公鸡就有母鸡成群飞腾

有母鸡就有鸡蛋延年益寿

喝鸡汤的人把村庄笑成一簇花

鸡鸣盖过流水，漫山遍野抖腾锦缎

说起从前鸡群趣事三爷满嘴啧啧称奇一脸傲气

可是从前躲在老屋角落不肯露面

鸡年清明老家村庄没见几只公鸡

也没听到几声鸡鸣就乡愁沉重一片

2018.4.26

# 三爷告诉一些事

这是梦想春天，花香树绿季节

光坤三爷从宁夏回来祭祖成了惯例

满山坟茔像一群出窝兔子扑腾

戴着五颜六色花帽暖心养眼

走在中间每丝触觉不同寻常

三爷小声说保护好这片祖宗寝地

港边周家老屋尽量维持原样

紧伴村庄的老树和祖辈同年值得敬仰

那些灵气四溢的石匾代表历史的厚重

每一块翘角飞檐都飞扬着先辈的功绩

那些村规俚俗集中了无数先人智慧

谚语传说承载了太多神秘和传奇

这些嘱托让人浑身颤动内心翻江倒海

走在乡村开发大道时而迷茫时而清醒

有些老屋村貌早已面目全非

有些发展变化乡亲望尘莫及

看着三爷当年拍摄的族人村事视频

众多久违的长辈活灵活现欢乐如常

想起从前人声鼎沸的田野身卧老屋一宿无眠

入夜有歌不同孩时，有香不似昔日花香

儿童哭声稀疏不似往日壮阔起伏

早上有阵公鸡打鸣似曾熟悉

望着锐减的人丁田亩点数不清飞鸽

一群母鸡大摇大摆走过上屋周家土路

电话中三爷已过黄河归途漫漫

声音铿锵有力大伙鸡叫一样兴奋

2018.4.16

# 八点的地铁

八点的地铁坐不上车

天平架站不闻鸟鸣

人声嘈杂一列列地铁满载而去

仿佛与本站毫无关系

有时靠站捎上一、二名壮汉

有时门洞空开不载一人

拼命前涌的人流被地铁抖落

数不清耄耋老人多还是中年乘客多

更多的是上班妇女和读书儿童

拎袋背包一脸焦虑催问间隔时间

也有空手男女青年骂骂咧咧闲站一侧

一名黑人若无其事地唱着未知歌曲

人群仿佛炸锅去向莫测

差不多三趟过后才分批散去一些人

剩下矮个女童无奈地看表瞄车

超过肩膀的书包晃晃悠悠

对他们的目的地我一无所知

无奈中常听到一些女生挤哭声

尖叫中掠过一丝不知侥幸还是伤心的奇思杂念

2018.4.19

# 风儿并不简单

风儿如何做作没人在意，鄂南多雨

雨中没人看风，礼貌问候是套路

请喝茶你要吃糕，请唱歌你要跳舞

复杂惯坏的孩子不走老路

泡影在不经意中别出心裁

现在需要在这段山路铺些黄沙

把师傅坐过的敞轿搬到路口

或将师兄珍藏的马车赶出来

前朝武将的战马孙子桀骜不驯

爷爷马刀锋利，这些都是山里道具

如果早上一起摆出，日子就会倒回从前

故人还会重逢，一些错误慢慢改正

坐斜矮窗的梳妆人思绪单一

只有我穿着小号衣服不知所措

一只脚踩在过去一只脚踏向未来

这做派不伦不类，却是山里通常打扮

2018.2.2

# 犁田把式

八七年在白羊村，犁田不算风景

我掌犁耙田把式勉强过关，偶欠熟练

父亲用五十年行活教我明白平水的重要

他十三岁那年吃过坑洼不平的暗亏

稻秧一半缺水一半淹顶，剩下的黄了腰

在乡下水稻也会认生，新人滴泪成河

八七年我细皮嫩肉，浑身滚动失学痛楚

独自种过两亩水田，手艺不生不熟

刚好够上庄稼人腰盘，犁是一号主角

风来雨去不弃不舍，楸木耐劳铁尖无敌

千年来主宰村庄生路，勤劳多福

田野在怯生的吆喝中斗转星移

眨眼间不明事理的年轻人去了远方

打工是香词雅语，覆盖了老人的惊恐注视

生活不由自主，画纸上那些机械神兵天降

纷杂的牛耕图回归史册，犁铧一夜散失

成为博物馆宠物，牛群徜徉青坡无人呵斥

顾自走散一些闲淡日子，荷花盛开平静

三十年不够半生时光，在老家心窝尚热

除了地名不变，剩下的不曾相识

那些槐花据说也曾二度开放

2018.1.13

## 我会带好地米菜鸡蛋

又到三月三，喜鹊梢头叫欢

我要按老家风俗煮十个地米菜鸡蛋

掐最嫩的白花茎叶用最土的蛋种

还有十年过去时光，从老墙上剥下水煮

爸爸，老屋北风还和从前一样呼啦作响

这些蛋儿习惯了老屋灶锅瞬间熟透，清香饱满

对程序熟悉，似乎期待已久

它们知道困难年代您有十年没吃鸡蛋

我就要带着它们上路了，需要在老屋

做个小小仪式，爸爸您不要着急

老家离徐家山还有一段距离

我要检索旧梦看您还缺些什么

现在我的生活有所好转希望您多托梦

三爷说今天是黄帝生日，夜里他会回来

看看人间香火，我希望您同他一起返家

为此我要多带一炷高香，默念一段好词

在您心满意足时也别忘记黄帝的厚爱

2018.4.18

# 日子刷屏村庄

在白羊畈，广场舞不成气候
秧歌扭土样老套，酒桶饭囊挨骂最多
老村不欢迎游手好闲之徒
又莲藕一样与日俱增，女人唠叨经年不散
打工人过完春节分头远行
仿佛家只属于春节，属于心事重重的
老弱病残，乡村早晨比梦甜美
一些人用麻将牌刷屏日色，一些人
无所事事走走停停，更多人没来由地骂人
日子梦样松散，不如河沙抱团
放养的土鸡常发鸡瘟，猪肉味差
山地蔬菜药味浓厚保鲜不长
橘树被化肥烂根，老人叹息纯属天意
村里一百多名光棍汉子随声附和
鄂南晚秋，多亮天色涂不成油画
偶遇南腔北调者都是新娶媳妇
秋后又会不知去向再不照面

2018.1.17

# 想起一棵枫树

港边周家还在，老屋拆去一半
半数燕子无家可归，新屋样式生疏
一棵枫树曾经守护的月亮还来村头
老祖宗的栽种故事顺着月光流淌
他们效忠的主人叫陈友谅还是朱元璋
没人考证，庆幸的是平安在此生儿养老
与枫树相守余生，通过枫叶托梦后人
我没见过这棵枫树，传说三人不能合抱
雨夜沙沙传送神秘力量，人人望树生畏
远行人最先与树告别，其中交流没人预知
可以分享的是他们衣锦还乡的光彩
更多人感慨一棵枫树的先知先觉
一棵树比生前更让人牵肠挂肚，飞鸟伴绕
它消失于疯狂年代，口号覆盖了传说
庞大躯干锯成了两块榨油压板，身不由己
终日油污满身呻吟不息
砍伐的福爷被树为公社标兵，村庄复归平静
人们走过树蔸偶有经脉一动之感
老屋再无古树撑脸，新栽幼苗遇风多折

2018.1.16

## 站着的朴树

在农家庄，一棵朴树惊世骇俗

三百年来飞鸟筑巢不断

伴随春耕鼓声白花点缀村野

阳雀在树巅呼唤先人乳名春秋不辍

多少代鸟类看尽庄里婚丧嫁娶，处变不惊

多少先人饮尽风霜雨雪，比树凄苦

春天有病人亲属攀树剪枝以图吉祥

上树一人摔伤一人数日不变

这份玄秘无法考究，却给云彩涂满传奇

一条路在树边拐弯，历代不改初衷

向树致敬的不只是四季花朵

还有升化魂魄的鸟雀，定心安窝树巅

战火中树下昂首走过天国将士，走过

朝气蓬勃的北伐将士，曾经的解放军战士

他们散发的思想叶片一样飘向四方

喝过它皮汁的人百病全消

丰厚的果实让秋天饱满

那时没人榨取其汁润滑车轮

没人轻视人生弃绝凡尘

一棵朴树让路转折，时间厚重

存在是因为站着，对此人与树并无区别

2018.1.18

# 村庄没了炊烟

炊烟已被童年带走，或是那些白云
和大伙玩恶作剧，老屋还在支撑村落
新起的房屋样式新颖也是亮瓦盖顶
不同的是少了一柱烟囱颜色不一
今日村庄上空除了云朵没了炊烟
家家使用天天上门兜售的煤气
那些小姑娘脸蛋漂亮说话和蔼
偶尔还给光棍小伙介绍外省媳妇
喇叭放出的叫卖声增添了村庄热闹劲
五妈电话告诉深圳打工的儿子放心
小孙子一蹦一唱自个跳上校车
入夏新建小店牌友议论纷杂起来
七姑八爷都担心贸易战引发煤气涨价
农用机械没油寸步难行，跨界产品用途广泛
大伙说过去炊烟好看烧灶太脏
拍手回去烧柴一个个不情不愿
这样说笑时夕阳红美如画天色将晚

2018.6.28

# 规则模样

到竹山临不临节都要祭拜

这些长辈坟墓排列规则,从不散乱

祭祀时节香烛排插一致

摆放零乱会被视为不敬

据说墓群主人一生克制,规矩办事

多数小脚女人受过军训,练过射击

非凡年代她们紧张活泼不分伯仲

七十岁拿过人民公社奖状,行动一丝不苟

大雁乌鸦有时栖立坟头整齐划一

扔过去一块石头扑腾飞高远天

仍是人字雁阵,长空万里不散

2018.1.20

# 血吸虫回来了

村医相玉哥说血吸虫回来了
老人听后惊恐万分瞧着猫头鹰发呆
年轻人赶着麻雀无动于衷
新来的贵州媳妇四处打听病灶特征
好几天没比较什么怪异出来
镇里有人下来放药，池塘小河全是死鱼
七爹说这些预防药比从前厉害
偶有不适者在医院没查出异样
镇政府挤满了闹赔偿的养鱼户
到底经济大还是身体大？村里妇女说不清
二妈说这虫儿不是"文革"那年送走了么
从前病死过不少人，雷公公还为此显灵哩
大伙说瘟神走不走凡人看不见
那能见啥？河边田头确有钉螺出没
芦苇水芹没人沾边，村庄迎来巨大安静
野鸭翻飞，遇水顿生毛骨悚然之感
幕阜山下，有些事虫鸣一样琢磨不透

2018.1.21

# 白羊畈小铁路

比正常铁路窄小，一直伸到汀泗码头
荷仙大姐还记得模样，八岁才去武汉
那时已不通火车，孩子在上面征战不断
大姐的地主外婆呼唤别摔跟斗
她是否在那儿丢过什么已不重要
关键是老百姓沿路丢了不少东西
铁路伸进寨丰山坳好远，通过水路四通八达
很多名贵木材由此出山，经长江入海
它们远去的地方都不想提起
老人也不愿回忆当年运输盛况
脾气不好的骂骂咧咧拍桌打椅
这条铁路从老屋西侧穿过不容商量
现在已难想象奶奶当年如何坐立不安
这些纠心的枕木铁轨后来进了千家万户
被踩成厕所盖板永世不准翻身
"文革"那年边批边拆有人哭晕了头
忆苦思甜的人说出一大堆铁路怪事
这么多年了一条日本人强修的铁路
让人难以忘怀又劈柴般恨之入骨

2018.1.22

# 郭家湾建过砖厂

老书记说环保球只有近年才踢
郭家湾确曾建过红砖厂，推土机一动
就有鸟虫飞腾，你瞧烟囱厂房还在
不见的只有一座土山，曾经遮拦视线
只是一些青壮男女，本该回家生儿育女
八十年代中期我在砖厂拉过半月板车
很快体力不济辞职，包头分文未给
这最早的欠薪让人愤愤不平又无可奈何
厂前柳树有鸟与我一同离厂别居
那时距我后来打砸混江湖尚差两年
那里盛产的红砖规则结实，远近畅销
周围乡民垒在墙上爱在心里夸赞居多
相比老式青砖私窑，红砖厂很上规模
砖坯质量不差古人，镇里多了纳税大户
那座高大烟囱只在晴空万里时稍欠协调
那时没有空气指数比对仪器，没有
损害资源链说法，很多人把厂庆算到百年以后

2018.1.23

# 工地逃兵

修筑双石水库那年枫叶掉了一地
六婶腿伤免上工地说是菩萨显灵
后来有人说是自残村里灵异事不断
数万男女住进简易工棚轻伤不下火线
李姓女书记叫响"多快好猛"口号应者山响
"干晴天抢阴天暴雨小雾当好天
一天当两天苦战三百天不负革命天"
这号召战天斗地气概豪人人英雄
火热年代壮阔场景使山川变色江河截流
猫头鹰吓得围着山谷堤坝不停尖叫
据说当年吃干定量也曾累倒一批人
偶有吃不消者被迫不辞而别
腊婶说她妈和我妈也是其中一员
工地派出三组壮汉日夜搜寻不获
她妈躲进深山野果充饥数月差点丧命
我妈逃回崇阳金沙二姨处一别两年
时任生产队长的二姨爹违规排工发粮
救了老妈一命，多年来让我感激不尽

2018.1.24

# 珍藏缺角秧马

在老屋厢楼找到一匹缺角秧马

放进新屋正堂珍藏，那是母亲至爱

它的缺角存在什么典故已不可考

常常凌晨三时伴她走进生产队秧田

提前二三个钟扯好秧苗不拖小组后腿

她的右手残于少年时一次冷酷批斗

继外公被错划成分早逝后，十六岁母亲

成了挨批对象，据说她深夜带伤逃出赵家村

遭遇可写小说却从不提起也没回过原地

一生不怨这伤残影响了做事效率

和英奶说那年互助突击组都不爱挑选母亲

说这话时徐家山林带静得瘆人

作为妇女队长她成了母亲的老搭档

每逢任务母亲都提前起床下田，计工不输须眉

这让和英奶踏实感动，听着这故事我泪流满面

恨不早生二十年，替早逝的母亲遮风挡雨

这匹濒临散架的秧马让我感激涕零

此生我要好好敬重这位母亲的优秀助手

2018.1.25

# 在艾家铺擂谷

艾家铺水田似乎排斥稻秧，喜爱肥沃水草
每一季水稻都被稗子鸭舌草牛毛毡欺凌
骄阳热浪监督下，解救异常艰苦
手擂脚踩不够进度，汗水穿心怪味塞鼻
心脏小兔子接近窒息，天空之锅被
云彩煮沸，空气如开水浇顶
青蛙瓢虫躲进秧蔸奄奄一息
蝉子叫不出声，田水烫脚
吸饱的蚂蟥在小脚肚上自行滚落
麻木的不只皮肤，还有该死的夹板虫
擂田人手脚只属于一种机械姿势
反复持续不断，杂草害虫魂飞魄散
如果有来生我要做棵水稻，受人呵护敬重
把天空塞进冰窖或做成巨型空调，扔掉擂谷棍
季节可以自由选择，艾家铺不够丰沃
在离家最近的上屋场，开垦几亩肥田足矣
擂草这种原始活儿交给农药或机械处理
在田埂上唱几声山歌村庄就会活跃起来

2018.1.26

## 雪落白世界

天地难得拥抱，葛仙山秃头处遮得严实
坡上不听话疯长的杂树面目全非
潮湿沼泽可以体面露脸了
那些不为人知的岩洞地下河暂时遗忘
秀峰更加绰约，河流自成玉带
世界美在不分彼此，白中透白
目光到处一尘不染，雪花入口清甜
这时说话呵气不忍带恶携脏
一年中只有此刻万物感受同处一家
缺少的正是沟通和相聚，雪花温柔地
把大家连在一起，有些花瓣开向心间
一床暖毯覆盖了大家的冷觉异感
忧伤不值一提，除了低调的梅花
再多的开放都算锦上添花，不容多心
雪在不经意中漂白了世界
那些无良之心只要甘愿垫身雪花之下
都会分享人世崇敬，白兔围着欢快起舞

2018.1.27

# 又见倒春寒

梅花还有余香，栀子花抢着开蕊

僵在墙上的车前草没啥表情

以前您会用它煮水喝，附带咳两声

有时加些鱼腥草，骂人声温柔好多

爸爸，今年前沟涨水寒潮早到

您在墙上的挂像笑得勉强，黑影宏大

遮掩了您的心事，昨天还托梦孙女

要考一百分香过栀子花

今天就在老屋一言不发

您担心窝水的阴沟我掏空了好长

厢房没漏眼天井阴冷潮湿

预报一场冷雨正向老屋靠拢

我的小说计划又拖一年，空气比梦

干冷，让我像您一样咳嗽不停

盼望在那边您别这样，通体舒泰

说话都有花草清香，早点把故乡搁置一边

2018.1.28

# 腊嫂忙打药

从徐家山到白羊塘，田地欢喜环绕
腊嫂在中间打药行走，像牧羊人转场
引着一群饿羊奔向新牧场，风光无限美
白色药雾牵着风儿扭来扭去
总有不听话的牲畜，在腊嫂的摆弄中
复归平静，剩下一些刺鼻药味没精打采
像淘气鬼挣扎肢体挤出怪味蛋
叫人忍俊不禁，又唯恐避之不及
腊嫂不爱算其中得失，推崇体力赚钱
说是健康报酬两不误，也无力别处插花
每一年庄稼的害虫都有奇异变种
每一年腊嫂都学用新药，不厌其烦
邻家博士说这些复杂程序下的产品
缺乏有机元素，麻雀也会厌食
对此腊嫂淡然一笑包揽了村里药活
说老一辈只教了这些活命把式
电视上那些飞机撒药镜头中看不中用
也没见哪个村落享用，说得人们索然无味
一群白鹭被药雾喷起老高，霞光绚丽多彩

2018.1.29

# 乡里没了插秧舞

从前在白羊畈，春耕双抢季节最美农活
大伙都赞水田中的插秧舞，堪称门面绝活
姑娘们扭来扭去苗条倩影羡煞彩霞
小伙们直插直行骄健身姿羞跑云天
中年男女的把式像表演传统刺绣
精美快准是娴熟诀窍，眼花缭乱是入门功
右手三指轻弹确保每颗稻秧成活
左手两指细搓不损每把秧苗匀称
插上喜悦啊，多一撮秧儿影响健康成长
甩开美妙啊，少一撮秧儿减少丰收产量
这些工序都在脱眼摸索中出神入化
慧眼始终朝前，才能进退自如转活全盘
老人说拿捏越准速度越快越显道功
我最可爱的乡亲们啊是田野上的工艺师
一辈子勤劳修身用汗水描亮故乡
敞开的生命活泛春锦秋缎，激人壮心不已

2018.1.30

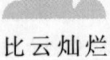

# 割谷寓意

那些年白羊畈人气兴旺，大爷就是割谷机

双手轻快飞花，顶上舞活千重稻浪

喂养民族血脉的稻菽面前人最渺小

大爷把头压到最低，心距祖宗最近

多少生命稻谷一样普通又花样多彩

多少农活尘土一样卑微又歌般文明

这是最原始的收割了神似古人

这是最苦累的农活了灿若仙人

幕阜山下来者一半林妖一半山神

广阔田野上八哥学舌震动远近

山雀的聒噪隔膜，人世比水稻漫长

谁说保留清纯全靠祖宗？人人皆是英雄

古人不知改变稻谷基因也是大事

一些失心的鸣蝉搅乱逆向思维

牛羊卡在岔路口进退失措

迎面开来的进口割谷机，都夸先进节能

梦里赢了大爷割谷进度，发动机内芯失修

隔三岔五揪人心肠，其中寓意指向暧昧

2018.2.1

# 清明巧遇

有一个节日比春节还具魔力
那些过年赶不回家的人不敢拒绝
一个个算着这节日天南地北往回赶
越是父母不在人世越是回得殷勤
这节日能相逢故人慰藉心灵
离去的人在山上扎堆，微笑地顶着
五颜六色的花朵点头，主动问候
比他们孩提时在这山丘放牛还要调皮
墓碑们站在旁边吸香吐烟栩栩如生，仿佛
絮说在另一个世界活得滋润不用牵挂
意外的是这节日不期巧遇很多活着的熟人
有一起穿开裆裤捉迷藏的久别发小
也有衣锦还乡平易近人的达官贵妇
还有牵强附会寻根问祖的侨胞外客
这日子里相逢奇特诸事不由人想
有的老远放鞭招呼亲如一家重逢
好像从四面八方赶回来只是相见活人
逝者不是主角，只是为生者跑龙套串根线
年复一年没有烦恼倦意
这个难忘的节日总是牵肠挂肚

2018.4.6

## 二奶说那井水清甜

这屋场土层不深黄沙厚重垫底

不知曾是海底地壳还是沙粒产地

挖多少水井都一样甜味不生异样

二奶只吃二爷挖的那口井水

这么多年来不用自来水也不沾煤气

她说那井水清甜喝着比什么都舒坦

今年美丽乡村工作组从中检出异味怪象

大伙喝着确有一丝生涩感觉

组长说有三项指标偏高影响长寿

也有人说农药过滥开发过盛不够环保

二奶不屑一顾照喝照用那口井水

还用栎木栅栏小心地围护一圈

她说八十岁了还没见过这井水闹神出鬼

工作组的人说二奶这年纪在城里也算高寿

2018.2.3

# 双石水库的气魄

走完白羊畈独上泉洪岭便见玉带飘逸

七十年代父辈开湖造库气魄宏大

爬上梅家山俯瞰，长龙抬头明珠耀眼

都说父辈在此累得吐血，滴水来之不易

现在通过自来水管一股暖流连紧千家万户

阳雀叫春似乎有种传承看不见赶不走

当年土石圧迫的呻吟父辈不曾提起

风雨中空腹移山的气概人人津津乐道

饮一口甜水分享一捧父辈酿造的甘霖

望一眼碧波激扬一番浪遏飞舟情怀

漫步故乡尘土多情每一脚不同凡响

山水花草关联我们的前世，田沟塘湖显影

灿烂来生，处处传递磁场的张力

无论多么失意的游子回到故土都不孤单

心儿开放荷花，气魄豪迈胜过水库泄洪

2018.2.2

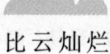

## 西凉湖有些偏远

采莲湖泊摇舟荒野没那么洒脱
西凉湖离港边周家有些偏远
有人说临近古县城蒲草茂盛
有人说鱼虾味美别具湖光天色
这些事儿未曾亲历说不上二三
那儿对我来说咫尺之近却倍感陌生
八十年代父亲带我去买过苎麻种
一个与泉口相邻的小村民风剽悍
一位脸色和善老农卖给父亲一垄种苑
结果只挖回半垄，一大群凶相汉子
无端中止了交易，父亲好说半天也没
要回另一半货款，我和二哥差点拼命
开拖拉机的表哥闻声躲得老远
父亲回家沉默好久有那种岩石冷酷味
苎麻倒是长势飞快扩展惊人
二哥看着它们壮阔一片不说不赞表情冷漠
后来我们没再去过那儿，这些年
经常有人提起那儿的趣闻轶事
慢慢也有亲切之感，父亲走了多年
能唤起记忆的事情越来越少

2018.2.4

# 天眼流金

双石水库南尾显灵，清泉经年不干
内心强大多么重要，山间水波浩渺底气十足
帮这些水势撑腰的是一泓泉水
从16平方米巨石中破孔而出
在大山深处积蓄亿万颗水珠喷发一处
需要多大毅力多狠忍劲，草木无语
大片岩石为开，云空万里倒映其彩
水流云影滚滚难分，山民惊为天眼
晴天流金溢彩想啥像啥
走过三岔口的路人争相饮用甘泉
润心定神别具灵感，泉边有人求事成事
老人说阴天看泉犹如仙人撒尿
多少烦恼遇风飘随尿消，地阔天远
一条道路通无限，人生苦短不争高
除秽消灾一口甜，好运如花两边开
东边村叫尿石甘西边村叫尿石金
出门便有玉汁琼浆金山银石相伴
人与自然灵性共处，其中秘密不可意传

2018.2.5

# 荷花不再开放

正对望重蓬峰门匾是一口荷塘
有过荷花盛开莲子饱满的光景
一朵朵红白相间，鱼声融融
偶有不听话学生顺路采撷一枝
也有摘下莲蓬给女生当毽子踢
父亲总是一声吆喝假装追赶
大群男女学生惊飞如雀样子夸张
妈妈一旁奉劝说这些伢仔好玩
学生三三两两走过荷塘确实好看
有美术老师画成油画四处得奖
塘边学校曾叫先锋中学林木茂盛
后来改名白羊小学，气势大不如前
打工年代人去楼空一片荒芜
偶然来位学生指不准教室座位
老人都怪这老师画错方位惊扰神灵
学生叽叽喳喳热闹景象一去不返
荷塘成了草地，这么多年荷花不再开放
人也不知去向，偶尔来人指说
这儿曾是学校，佳人伴读多年

2018.2.9

# 爷爷爸爸抢着说学

爷爷告诉孙女好好读书

争取比邻村状元走得更远

爸爸插话那是走路硌脚的山外镇小

爷爷说瞧这出息再远些

爸爸说那是送礼也不好进的县办中学

爷爷说可不可以再远些哩

爸爸说那是人见人羡的省城大学

爷爷说昨夜梦见国子监

爸爸说那是博士扎堆的京城学府

爷爷说早晨被大雁叫醒

爸爸说那是凤毛麟角的国外留学

爷爷说岁数不大还能再远些吗

爸爸惊问女儿那是哪儿

女儿一脸茫然地说也许在梦里

枯叶飘飘爷爷不再醒来

2018.2.8

## 花城地铁某段

通常只坐一段，就有舍命飞越

城市的感觉，一路上除了拥挤

便是人多场景，众多镜头无法改变

列车不堪重负哼唧向前

从天平架出发，起点平等公平

相逢的人基本陌生，免去了诸多招呼

思维不受挤压，自由驰骋车前身后

一会儿到了不具意义的沙河顶

不见飞沙亦未遇河流，与想象的略有差距

似乎除了继续前行，没有更好选择

情绪有些杂乱，不测因素增多

终于品尝物极必反滋味，浮云被打散

顺顶端下泄便是黄花岗，亏月需盈才是目标

老路不通，新法则推动不准停顿

村庄保持原始活力，每一次开始都很珍贵

你从区庄重新出发，再次结识新朋友

愿望像打翻的味瓶，和乘客各奔东西

一些有心人沿途收获小颗浆果

经过淘金站，等不及的人下车拾到不少金币

这些总是与我无关，紫荆花开放远处
在小北这个地方我掉下队伍
出站闻到一股败肉气味，垃圾箱正当路口
新的一天仓促拉开序幕

2018.2.15

## 换个花样

五十年前使劲鞭笞她们乳房脸蛋

在校园开阔处吼破她们耳膜

让老师低头，戴一些五颜六色高帽

听着不堪忍受的呻吟笑得肚痛

那时她们被动应付不知所措

五十年后她们不请自来威胁巨大

在为民服务之地不顾斯文扫地

捏粉笔之手紧抠铐圈滴出热泪

撕下口罩辨别她们脸上老九臭气

岂能为蝇头小利赤膊上阵确实有辱师名

区区欠薪相比浩浩大局不值一笑

谁弄得六安之地危机四伏不成体统

央视讲评要求给个说理天地

似乎不像如此简单，真相扑朔迷离

也许是两代人演场戏儿换个花样

导演演员不同，戏味异曲同工

果真如此吗？猴子自舞自说

似乎不愿前后混为一谈

2018.5.28

# 红蜻蜓飞来飞去

草掩李家大沟，我执意追过红蜻蜓

多数时候一无所获，沟边刺藤扎人好痛

有一次摔在草堆上，弄断了半边翅膀

还是被它逃脱，空中飞得艰难身体倾斜

同伴说这只蜻蜓最终会丧命天涯

让我一连数日情绪低落，那时母亲健在

原本想把蜻蜓请进家中，交个朋友

却事与愿违，或许这是一种宿命暗示

半生中有多少时候主观铸成大错

没有一只红蜻蜓回应，使我不敢再追

这种夕照中的精灵，飞活故乡黄昏

三十年后平静地停歇女儿肩膀

用一种不可思议的亲近击碎甜美回忆

新修的李家大沟狭小低浅，药味浓厚

水泥沟沿封死了很多生物，到处一览无余

刺藤难觅，蜻蜓稀少，儿时一些细节

拾掇不起，故人一个不见

2018.5.30

## 写诗就像撒麦种

妻子说，你赶紧写诗啊
一下午坐在窗前发呆，横竖不得一句
灵感不好支吾，多数时候虚幻不露真相
捅它是个空洞，不作指望时又小狗般狂吠
除了愿望惊人，我是一个不具才华的
空想家，一生闹笑话给世界找乐
出门就发神经病，没有一分钟平静
一个人被黑车暴宰，上餐馆多收费
坐火车只能吃高价饭，退票被多扣钱
上加油站碰不到掉价，担心国际油市不切实际
看病被单方面逼写承诺书，放弃诸多权利
送小孩入学先填赞助费摸底表，常常舍近求远
送礼当兵活动升级转业降职成为系统工程
到处像个巨大黑洞让人不知所措
购房被强签霸王合同阴阳合同
一切没有商量余地，合同不具公平意义
所有学来的常识都是庙中木偶，无人监管
上访被一大堆人拦在门外，遭遇不可改变
离家便是过街老鼠，只能游离局外的多余人

不知病在身内还是病在身外
这些现象突然使我明白写诗并不复杂
就像小时候跟随父母撒麦种，生死由天
撒哪儿算哪儿，就算一颗不发芽
这些种子也无会遮掩身份
这便是诗意所在，至于时令季节
好像跟春天没多少关系

2018.2.16

## 平台脸色好转

宣传说平台为我们服务，电视机笑了
集中一地省了大堆跑脚费
一些笑脸穿插其中，远处有人点头
一反过去冰冷表象，空气有些柔和
说话趋向好听，窗口开始吸纳一些东西
诉求似乎不被反对，想哭就哭吧
需要添补的只是一些烦琐手续
季节转暖，事情都有商量余地
多的只是一些等待，时间受些亏损
过程之途始终插满希望花朵，这已足够
偶有等不及者辞世也挂着笑脸
只要世界永远打开那扇门
再危险的拥挤通道也受人欢迎
担心是多点的灯盏，省钱便是好事
心态之门决定时空长短

2018.2.17

# 珠峰路标

珠穆朗玛峰没有路径，只有大雪
传统路标并不存在，雪花没完没了
不下的时候就算晴天，风照样存在
多数时候雪花不厌其烦地飘飞
一颗接一颗相拥，不温暖也不稀奇
登山人有时也这样，接二连三攀缘
前面人是后面人的路标
后面人可能是传说中的道路
也可能什么都不是，雪崩粉碎一切
除了雪，还有谁比心儿强大

雪豹在哪儿？登山人也不清楚
有时候囹圄一片模糊了烦恼尘絮
在雪花的世界里悲伤源并不存在
人是神来之笔，把天空当纸挥毫
四处喷溅的不是雪花是滚烫的墨汁
被岁月华发漂白，每一滴都是路基
世界之巅雪花翻飞，路没有意义
时光白毯覆盖了一切，人显得多余
只有心如故，雪花落地不见踪迹

2018.2.18

## 与树同在

这些孩子昙花一现，意味着什么
来时他们没有树的概念
走时与树同在，包裹缠枝略显夸张
与岁月一起化解，微末融入树干
茁壮成长参天探月，完成很多未知意愿
这些孩子存世不长，据说还没开眼
便坠入无边朦胧，惊起叹息一片
也有说睁眼即闭，没看清人世精彩
没有打磨年轮，尝过生活浆果
没有牵手情侣，分享幸福的厚薄
当然也没挑灯夜读，熬心供房
这些没长大的孩子与烦恼伤病无关
没爱过别人却被父母宠爱
也曾点燃希望之灯，在人世占过一席之地
看那些茂密森林，能感觉他们的存在
超越我们很多，一些解释人类诉说不清

2018.2.19

# 发小阿溜

小时候阿溜没有这么朦胧

现在交流漂浮不定，语气温暖

不爱正面答问，脸上常挂微笑

一次请他招呼医院谈吐不切实际

熟悉的程序都是高干病房规则

让人耳目一新哭笑不得

发小请他落实名校指标

介绍的都是海外留学诀窍

喜欢推销市区高档房产，如数家珍

折后行情也让我们一个个吃不消

都说他在大陆洁身自好，片瓦未置

吃得轻淡，都是廉价食品

据说采购渠道不同，店名有些陌生

某次聚会听说半数同学都是访民

他突然中途掉头说有急会，一路鸣笛远去

扔下我打的堵车半天才与其他同学团圆

门口多了一群警察，也不知惊动哪位官人

气得我有回跟阿溜瞎说一气

再无名校指标只好举报他妻儿移民秘事啦

阿溜吓得稍显慌乱转眼央求别开玩笑
第二天如愿以偿，阿溜恢复爽快性格
这个管过教育医疗城管民生的副区长
最近传出高升消息，至于他本人
秘书一再说忙已不能轻易相见
二中聚会说起阿溜，老师们赞为骄傲
让人羡慕让人担忧，我的阿溜同学
不知不觉有了一股思念感觉

2018.2.22

## 出场明星

这礼堂故事选出多种多样
明星演出占尽主场风采形成品牌
一号明星高歌一曲千万收账
城市广场高悬她的巨幅彩像
二号明星担纲小品五百万惠演
市报连续报道他的出道传奇
三号明星站个小台三百万露脸
小城的形象大使评选家喻户晓
四号明星转基因报告精彩销货万箱
其新研品种占满全市扶贫项目
五号明星治癌疗法别树一帜
她带来的配套药品掀起销售热潮
六号明星妙语连珠被中小学生热捧
女孩们模仿她的发型争买她的歌碟
七号明星体育冠军五十万客串十联唱
她说丹桂飘香家乡山美人好水多情
八号明星贪官述廉动情忧心胜似英模
听得台下唏嘘一片掌声雷动
九号明星神采飞扬地介绍养生液

老人们围着他有众星捧月的喜悦
十号明星抗洪军人报告听众半数瞌睡
据说他打的前来分文未取
本地星运昌盛生机勃勃写入政府报告
市长说明年赛个马拉松派发幸福感
很多老人扳指等待万人空巷的日子

2018.2.24

# 今夜不理种子

哥哥，你要喝完这杯烧酒

今夜不理种子，醉乐比唱歌更好

不用担心春种秋收，公司会留种子

热爱种田的爷爷不知自留种子无收

喜欢酿酒的爸爸不知这谷子酿酒不甜

城里女人说基因复杂挑三减四不够热爱

花香深处亩产惊人，乡下女人说这已足够

不要怀念留种的日子，多费功夫

不要牵挂米饭好吃的时光，产量不高


嫂子，今夜你的秧歌忒甜

丰收的喜悦席卷了前坡后岭的水田

看隆隆机械今日山村无秧可插

望田野金稻一片也不用马扛人收

那些人困马乏的苦累随风远散

新种子带来新媳妇新生活

春上种子公司的喝卖声沸腾前村后屯

秋深粮店粮车穿梭如歌多像他乡

2018.2.26

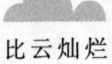

# 寻找童年

童年是病中一声煞喊，母亲站在村口喊魂

是睡梦中一声呵斥，父亲严历数落逃学罪责

是撒娇小跑中一口猪油丸，失明奶奶摸着喂食罐仔饭

是课间一次罚站，老师耐心讲解开小差的危害

是周家河上一次尽情蛙泳，二哥耐心讲述手脚诀窍

是柳树梢头一次掏鸟窝，红星发小兴奋指点鸟蛋部位

是白羊港堤一次摘刺苔，一群男女小伙伴追着分食

是团山竹林一次弹弓打雀，大伙争抓伤雀摔成八戒脸

是高家屋场一次险偷李子，被人惊心动魄追了好远

是从前过年一块老家鱼糕，吸食一年馋水撑圆旧梦

是望眼欲穿的一套春节新衣，上下透着救济节俭气味

是晒场上一次踏花辗谷，石磙吱嘎嘎撵牛转圈

是水牛背上一局五子棋，玄妙着险中乐趣未知人生

是夏夜乘凉的一次说书，星星围着竹床做鬼脸

是老屋场一次迷藏大战，打小便曾君临一方指点江山

是石金山一次庄严祭拜，没见面爷爷坟里吼我不听话

是不知深浅的一次睡梦，追随狠角行走天下

童年就是一些怀旧回忆，故人散落四方聚少离多

2018.6.21

第二辑

哨所远眺

# 哨台守夜

在午夜交岗，闭目靠崖静立
山峦裂开两瓣堤岸，虫鸣突停
任久封的思绪淌成江河
走过的岁月翻滚如涛
把心灯点燃，石头静静开花
失去一些东西通常漫不经心
守住一丝意念难过圆梦
既然热爱之花都已伏地成路
又何必在意走烂一些鞋子
靠紧崖石人人力大无穷
心猿意马的是哨台和那些
装模作样的树木，一只脚麻痒难耐
与多年前在故乡车水时的右脚同感
水车咯咯作响，那时慈父不老
偶尔咳出一两声重响，田中蛙鸣回应
左脚在淡淡月光下不知如何摆放
那种不明深浅的光泽亮过今夜
不知是水珠滋润了月光，还是月亮
灿烂了水珠，时间酷爱重复

又梦一般虚幻，长夜弱不禁风
星星慢慢开遍夜空的枝头
有人看到一些陌生露珠落了下来

　　　　　　　　　　2018.5.3夜

# 那些小路不为人知

那些小路隐藏山脉深处

虫一样弯笼一样窄

一头连着岗位一头连着家乡

走在上面最多的人称为战士

偶然走过的慰问团不值一提

从那儿默默上岗，也从那儿

不动声色独自退役

不曾留下什么辉煌记忆

多少壮怀激烈的念头

潮水般涌来又露水一样消散

树叶一秋一绿山川辽远

像哨所记忆呈现季节规律

没有谁被允许长久留守

少数多情人成为模范

有些七七八八的故事都是传说

原生地远在五湖四海的家乡

不能给这边关打上多深烙印

在茶余饭后一阵风似散去

连同我们这些无肝无肺之人

走得不留一丝痕迹

这么多年了只有那些不为人知的小路

在梦里活灵活现

新兵害怕的火热营房锋利岩峰

以及尖锐的吼叫急促的喘息

统统枯草一样模糊不清

没有哪个老兵说得明白

那些哨所小路时常串起一些回忆

总会有些老兵为此罚酒伤神

这么多年了懒得相互联系

只剩心中小路彼此相连

仿佛要唤起什么遗忘的秘密

2018.3.14

# 与一棵树相拥

趟过狭长谷地

尽头山脚便是那棵参天古木

巍然挺立潮湿凹地

飞翔的枝叶仿佛比高山尖

又温和地亲近云朵

越过不分性别的藤蔓和沼泽

硌脚峭石不知去向


以奔跑姿态与树相拥

一股暖流穿过树皮温暖全身

一人激情昂扬地呼喊倾诉

不担心树干剑一样插入内心

卸下钱包杂物轻松地靠树休憩

不担心树枝蛇蝎一样吞噬财物

紧靠主干内心山脉一样踏实

每一片树叶微笑致意

没有一丝隐藏暗算玄机

人生啊秒杀一样短暂
只适合与光明灯盏同在
相拥一棵树是最大幸福
四野布满家庭温馨，心海辽阔
力量之潮从树根开始贯满全身
使人一身磊落地走向原野
越过蛮荒地带便是小小的收获
那些金色花朵让人一路无怨无悔
心惊肉跳的阴影从未存在

2018.1.31

# 谈起那片山峦

那片山峦随云淡远

逐渐退出生活话题

在城市喧嚣中无声无息

情感野马不再奔向那儿

鹰曾停歇的地方无法确认

偶然泛起一丝记忆碎片

也模糊松散不成条块

那些山尖成了抽象画线

那些哨所成了洞中幻影

那些战友面目不清杳无音信

那些戍边故事土得掉渣无人问津

那些山路隔膜不再牵肠挂肚

那些年代确已尘封久远

战友的探访让人不知所措

怀疑自己是否真正当过战士

到底与哪片山峦同甘共苦

头上哪片彩云似曾相识

2018.1.16

# 星星始终照耀

那些散尽黑夜的星星

在街头为你燃尽

心中块垒

即使化为灰烬

也要尘土一样融入花朵

引你迈向浩荡光明

芬芳悄然铺满来路

2018.1.18

# 一种传说

你是风是光和火

也是冰与雪

你是无处不在的佳人

不小心把自己

漏给时间追逐

花还是那些花

路还是那些路

而人，时间不肯诉说

据传就是你在静静开放

一直存留记忆深处

装饰梦境慰藉心灵

你却浑然无知

从未提起

2018.4.5

# 那些记忆不曾消失

那些山峦秃耸梦海

一毛不长青苔满身

峰上锦鸡一跃比云灿烂

偶尔垂落的碎石被风带远

平顶哨所滴水成珠，有人进出云层

着装比云彩更绿比流水更鲜

那些滞硬馒头越嚼越香

枪柜整齐排列不带任何暗示

走过的羊肠小道铺满水泥

战靴硌在上面咔嚓作响

萧萧马鸣不曾复现，地势依旧

故人逐云远去，偶有军歌传神

一批批新人骑峰驾雾而来

怎么招呼都不停顿，这阵势似曾相识

离开的人儿无法忘怀，对酒当歌

在城市这些记忆散淡却不绝如缕

我们有时也作彩云飞翔，呈岩石立定

虽然不在行伍已经多年

不称将士已习以为常

2018.4.19

# 树叶旋起来

从这山看那山变化不大

空气静止偶有鸟鸣

灰尘落下来响声很大

岩石坐在一旁从不吱声

栎树安静粗壮灌木一动不动

兴许不速之客躲在树林深处

不知伏击什么对象

能见分明的是一些不听招呼的叶片

一层层飘浮着弄不准往上还是朝下

鸽子也分不清梦里梦外

落叶归根或飞黄腾达只是一种说法

坐在哨台上浮云不值一捞

那些沉淀预示一种什么样的功成身退

飞扬的代表哪些值得赞许的镌尔不舍

望着层出不穷的叶片难分高下

形单影只也不敢掉以轻心

只对一种声音敏感浮想联翩

如果枪声响起你会发现我们格外高大威武

与同居多年的木棉树不可战胜

2018.4.25

## 穿越事物

山顶那些人通体纯净

没有私心杂念，可与任何事物融合

穿越时空，与相遇者不分彼此

只有敌人除外，现在山地平静

岳圩谷口风吹过小声柔和

他们的背影被阳光反衬得高大

在桉树掩映下宁静简单

传说他们的亲人状况复杂

失踪者始终杳无声息，癌症患者

鲜见好转，似有若无的

是一些意外消息，草木也不爱听

他们在哨台边坚持瞄靶，模样严肃

倒入泉水的山头仿佛中弹

却无人证实传说的真实性

看着他们坚定的身影，好像也发生不了

其他联想，听着悠扬的军号

浮躁的情绪自动恢复平静

盛开的木棉花并不显眼

偶尔下掉几朵，跟你开着小小玩笑

2018.2.20

# 某人来过此地

记不清谁说的，酒宴糊心
某人悄悄来过此地，不知具体时间
他的朋友圈影像抽象，没有具体说明
背景大众化，每一个城市大同小异
他为何不联系你？思绪有些迷乱
事物也许正起变化，窗外台风登陆
主动致电不是唐突那么简单了
你比以往更为慎重，小心回忆往昔
每一个可能的破绽都被摆出讨论
最后自己否定自己，不知所然
开始相信进入减法年代
可能是你不小心删掉了朋友
也可能是朋友不经意忘了你
至于何时来过此地，某人和某人
似乎都无从说起，也查询不清

2018.2.21

## 平板不要抬高

高跷一边过高失衡，天平保持中立
汽车舰艇飞机同理，你爱说梦外话
班长的讲解颇占其理，他抬高身份
没在镇里办好病父低保，心的一边倾斜
排长老家的拆迁申诉无效，军装不显光彩
列兵吴用寄给父母官的诉状音讯全无
他的胜算不大，没有亲人错判影响严重
指导员说想法算法不等于得法合法
苹果坠枝砸人相比人口比例忽略不计
七十年代军装时尚热捧，时光不会倒流
现在流行心理疗法，友邻连队获奖最多
一连多半拿到心理辅导师职称证，认知
比水重要，流向低处不会死水一坛
椰树下苦思冥想者最终一无所获
世界好大，多一种想法多一只鸟叫
热爱无边，你的穿戴一文不值
挖煤者向下，坑道其乐无穷

2018.2.25

# 热爱如歌

这着装浸透我们青春

夜里调皮地逗笑

这旗帜凝聚我们梦想

望着它花儿知道前路漫长

这号声吸纳了我们口号

听着熟悉内心依然激荡

这些队伍浓缩了我们影子

看着亲切仿佛回到过去

这些步伐延续了我们的矫健

模仿着雄风不减当年

似乎我们只是偶然离队

梦里听着熄灯号慢慢归队

2018.2.27

## 我和你

我如果爱你
不会娶你
因为有人告诉我
美不可破坏

2018.2.28

# 也说矛盾

大院掉下很多芒果
忍不住吃会有虫子
假如没有虫呢
会打进去一些药水
个大上市畅销，而你
一无所知，嘿嘿
谜底比梦简单

2018.3.1

# 寻找老营长

前些年聚少离多彼此鼓劲
你话语不多一语破的，听者引为高论
批评战友不求上进拍桌打椅不留情面
那时你不知疲倦全军夺冠气势逼人
大伙跟着你豪情万丈，林中枯木焕发光彩
每一次相遇都有一份惊喜

这些年只闻消息不见尊容
听说你大哭一场告别军营
不久在新单位又大吵一架辞去科员铁岗
在一家私企聘上保安队长赳赳称雄
你玩笑自嘲总算恢复连长气派
后来听说你打抱不平被扫地出门
也有说受聘名企梦想开始闪光
这么多年大伙一直寻踪觅影，可敬的老营长
无奈音讯全无百联不畅，与印象截然相反
这么多年一想起你就激情满怀
天地不老春天在心里牵手不散

2018.3.2

# 正常发生

幼儿园从不存在，你读两个一年级
会玩一些弹弓，鸟儿应声落地
这儿远离县城，有人引吭高歌

六年级故伎重演，两次留级张扬
团长儿子任性，来过之地也曾去过
不服的是心，天空有鸟飞过

我们会讲故事，边关多雨多雾
朦胧中有你也有我，还有祖国伟身
都说没有儿子，豪情排山倒海

我看到月夜星宿光芒璀璨
想着一些事情，还是一些事情
歌声走过的地方没有一丝痕迹

2018.3.3

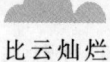
## 这些简单

都市要位辞职投身边关
这些简单，她在军营种些兰花
与丈夫同在，幸福满园

教父子拼音，带战士唱歌
这些简单，展示特长开心
都说有理想就有牺牲

待业与失业，安置与落空
这些简单，只是一类说法
生命总有歌唱，请您倾听

演出已经结束，观众没有愤怒
戏弄没人在意，风已来临
把门打开，空气比梦新鲜

2018.3.4

# 那些花

是你也是我
那些花朵
比梦可恨
见着毫无关系
入梦难舍难分

2018.3.5

# 生活比梦好看

梦里变化万千
出梦忽略不计


记着只有那些眼泪
不知在生活还是梦里


总有一些对比
在生活里也在梦里


梦是生活或生活是梦
这些说法原来毫无意义

2018.3.6

# 和黄昏漫步

石头不会沉默，远山狗吠
黄昏不安地走来走去
你不想走到对面去，山比山远
人不可信，向云所述家事不胫而走
不是每一株草皆可获取谅解
故人不会开口说话，包括心上伤痕
很难恢复原样，谁是首个受冤军属
哨所无法考证，苍鹰飞离空地
落下一些白花，黄昏陪你走过
夕辉咬得东一块西一块，风不成模样
你走过后大地坠入沉默
情绪无边无际，星星眨眼不具意味

2018.3.8

## 时间作证

时间老人站在局外微笑

蚂蚁跟着主动证明局内微妙变化

不爱搭理死者，遇黑即明

像法条甄别鲜活朋友

被时间带远的活人不叫故人

我们牵着羊镌尔不舍赶路

每一个岔路口分走一些跟随人

外带一些不知方向的羊群，情形大约如此

纠心那些散失者和羊都会影响

一个人对路标的判断，很多人迷惑于此

只拾起一些路花的叹息

关于朋友路人说法很多

一行多雾过程颇像嫁接苹果

味道香甜不知基因对错

经历的都应一见如故，花草无过

路基说向前行进，步步咔嚓作响

这比时间作证重要，鸟雀比梦无知

暗中数数的不比狗叫高明

我们活着和树木毫无关系

2018.3.16

# 重回老营区

在连部小楼前兴奋照相，有人梦成
纪念馆，作为厂办有幸留存大部风貌
班排宿舍已不能进人，墙色陈旧
这个新厂加工车间脏乱堵塞面目全非
商业秘密禁止闲人深入，墙体木然
没有礼遇我们这些故人的热闹劲

饭堂拆成空场，围墙垮塌一半
没人知道多年后老兵会故地重游
有些旧物散去符合新陈代谢规律
再像往年重兵压境有违和平心愿
指导员指着半截猪圈告诉湘提战友
这位当年模范饲养员双眼潮润不发一言

地名还叫良丰村横亘老营区西侧
问起三营村里年轻人摇头一脸茫然
从前我们在这秣马厉兵龙腾虎跃
如今回想大伙一片打笑没人当数
时间老人哼哼哈哈从不正经答话

2018.5.10

# 眺望老友

眺望台各有侧重，从孔到台看似平常

中间隔着硝烟和年代暗影，哨所自述不清

眼睛都在蕉叶之上，瞳孔后面有戏

有深不见底的秘矿，相互吸引


时间检验耐心鸽子不吹终止号

水滴岩石未显磨损痕迹，花开树梢

此地相聚好像一种朋友的坚持

彼此特征了如指掌，微笑背后是敌视

非常时期我给你们扔过罐头

你们扔来的纸条里有过生命诉求

汉字歪扭，可以想象老人与小孩的笑脸


眺望中花开花落叶子一岁一黄

微笑是最佳问候，不需要交谈升温

每一丝表情友好深刻，例行动作不变

相守对象还在，只有时间腐朽生变

两军会晤时才知对方小个大尉已经退役

这让我们哨所一周冷静个个有些失落

2018.5.19

# 远望楚乡

远望山崖八百里楚乡不显
青藤探视苍穹花样繁茂
每一条都是长江，暗浪奔涌家事
外扰不断，一本水浒暗示百姓自古不易

崖上木棉粗壮，大哥抱病多年
五月花落一片，是谁在劫难逃
意念中的帆飘满故乡池塘
都说有你也有我，一帆风顺只在梦里

烂漫山花飘浮薄雾，偶有雀叫
哪一朵属于妻儿？哪一朵属于父母
都说我像浮云，此刻距离楚乡多远
梦境只在心里真实，遇风即散
祖宗发明戍边一词失误，让光荣有所折扣
在丛山之中我们只能是山
作另类想象会被鸟群耻笑

2018.5.20

# 哨所坑道

从前坑道与战士一起杀敌，关系亲密
鲜活的生命得到保护，每一株草都很神奇
许多感人情节不胫而走

现在坑道是热门景区，导游随意逗乐
仍然表述不清当年战况，喜鹊飞起老高
一些旅客听得细致泪水涟涟
一些年轻人刨根问底，仍未甚解

当年在此战斗的人很少来到现场
说是无法面对一直坚守此地的战友
大家生活都有变化，好多解释无从开口
回忆从前有些激动，内退的排长哭成鸟叫
让人一看见鸟儿思绪拉得比坑道悠长

2018.3.10

第三辑

历史叶片

# 竹山洞寻碑

在中伙铺以北五公里，翠竹参天

清泉流绿百里山川，一群大雁盘旋不离

不知发现什么秘诀还是阻止生人探访

我听到一种遥远呼唤隐隐若若

毁于"文革"的竹山寺瓦砾整齐，仍有紫云不舍

青石香台残留云彩不失佛家气象

千年皂荚树巍然屹立，其中暗示

如果弄清必定受益一生

溪水上拱桥独存爬山虎展示百年沧桑

茅草踮脚向前仿佛要倾诉什么委曲

消失的六座拱桥据说还会伴随仙人归来

我由此入洞一路确有神灵牵引

水滴是最好颂唱，天光与深潭同在

那块"流泉镠月"石牌就在梦境深处

潭深无底有情何必见真物，禅意自然附身

似乎我不是来寻碑而是来找东坡先生

诗人在云处挥毫别来无恙亲切呼唤

我赶紧出洞追赶愈赶愈远，云遮雾罩
在溪中写上"静心释日"入水不现
竹林沙沙云雾缭绕如坠仙境

2018.1.10

# 探访寿春堂

寿春堂在汀泗桥西不再显眼

一块蓝牌提示这是大明太傅章少轩故居

才知此处住过高人，说是明神宗老师

人肉搜索仅见张居正帝师大名

让人扑朔迷离不知章氏家谱所言真假

曾国藩倒是在此避难作诗意气风发

陈玉成焚过府第门楼，风化的青砖

有火烟痕迹，残墙断壁塞满后院

一对石鼓散落前院不伦不类

四重院落已不显昔日繁华充满未知因素

传说的48口天井基本难寻踪影

帝师踩过的门槛磨损严重，走过太多

平民百姓，后人抱怨无力修复

从前这儿开过夜校成群文盲长眼

篾匠铺里竹音清脆茶肆吆喝不断

施家老店棉花百年弹奏同一声韵

老人说除了这些喧嚣没有什么一成不变

2018.1.9

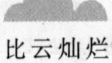
# 建汀泗桥那年

公元1247年繁花似锦大事云集

那一年武威会谈决定西藏最早归附一统

那一年太极道士张三丰"三教外人"邓牧诞生

那一年主编首部世界大历史的拉施德丁出世

那一年一山大师生于临海，后来出使日本被封国师

那一年数学家秦九韶发现一元三次方程

那一年宋慈撰写世界首部法医学专著《洗冤集录》

那一年匈牙利国王兴建布达城堡抵御鞑靼人

那一年大宋帝国大旱，临安百万军民缺粮

那一年理宗皇帝在京城设立慈幼局救济孤儿

那一年一个名叫丁四的草民建成汀泗桥

这位草鞋匠只有造福后人的抱负

没有刘备那种问鼎天下的雄心

成为当地大事八百年来沸腾方志

似乎理清了如何做官与为民造福的关系

千百年来不断有人为此纠缠不清

弄得魂魄不见，唯有三孔石桥经久不衰

建桥那年发生了好多大事

这么多年来大伙一直说着丁四

2018.1.8

# 某类行刑的N种说法

这不是中世纪罗马的火刑，无须交纳

小小火柴费，辣椒还是辣椒

这不是十九世纪西欧的电刑，无须交纳

区区电费，白菜还是白菜

这不是远古的石刑，无须交纳

沉重扔石费，小草还是小草

这不是夏商周的箭刑，无须交纳

众多弓箭费，枯叶还是枯叶

这不是汉唐的分尸刑，无须交纳

一群快马费，灰尘还是灰尘

这不是五代十国的凌迟，无须交纳

刽子手的力气费，萝卜还是萝卜

这不是大明的剥皮刑，无须交纳

刑刀的磨损费，昆虫还是昆虫

这不是大清的斩立决，无须交纳

行刑官的下酒钱，泥水还是泥水

这不是民国的枪决，无须交纳

死刑火药费，乌鸦还是乌鸦

这是奔向现代文明的国度，浴火重生

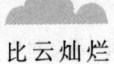

每一丝浪费都千夫指骂

每一份资源都视若珍宝

反动分子无权浪费一毫公物，哪怕被死亡

也不能算作借口，残忍是最好的回答

林昭一个低于五分钱的生命匪夷所思

比牛还不明事理，据说灵魂比肉体顽固

她含愤自裁的父亲据说比草灰更轻贱

她交纳子弹费的母亲据说比爬虫还愚昧

有人说五分钱只值一个鸡蛋

有人说五分钱也算一种忠心

雨水下在那个春天奇冷说来说去无人能说清

风掉下来没有巴掌大，麻雀不值一提

一个时代拍来拍去还没手指长

2018.1.29

# 历史的拐点

公元1911年10月10日晚8时
一个普通又不轻松的日子，有狗狂吠
武昌夜幕低垂，空气可以拧出冰决
捕捉异党的宪兵马蹄急响忽远忽近
工程营早早吹起熄灯号，城里灯火通明
排长陶启胜的吆喝穿心震肺
装束有异的小兵金兆龙面色惨白
扭打在一瞬间发生，危险在
快步临近，机遇稍纵即逝
平凡与伟大原来是勇字的正反两面
小人物也能豪迈书写，这是历史的魅力
奇迹只是跺跺脚这么简单
生死只是眨眨眼这么寻常
砰然一声枪响，世界醒了
一个时代在士兵程正瀛的手上开启
一把陈旧的汉阳造枪能撬动地球
中国匆忙沐浴新生，历史由此转向
两千年了，大地才孕育出这声巨响
两千年了，平民才盼来平等鼓声

一个小人物创造了前所未有的奇迹

他不经意地让历史记下了自己名字

也记下功绩、沧桑和耻辱的片段

传说他因畏死而被逼起义，因贪利投靠军阀

而被沉江，其中过程诸多记载语焉不详

却难掩小人物的创造光芒

难掩历史在这一拐点走向辉煌

时间已过去百年，历史不显衰老

回忆不烦人心，故事还是那些情调

你的大山村故居平淡无奇又别具韵味

偶尔相遇的孩童对你浑然不知

像我不知你迷茫莫测的思绪

不知历史变化的过去和将来

路灯就在这种平静中点亮全城

2018.5.5夜

# 追寻驿道古风

站在古道路基上云彩罩顶

路变化万千推测不准旧时模样

官塘古驿在不在无所谓，反正从前停留的

多是达官贵人，不值得追忆

有一些贬谪名臣让人牵肠挂肚

那时官道黄尘漫扬，奉上滴水都是恩情

文天祥囚车北上时可惜没有停留

当时蒲圻没有驿站，这是不小的遗憾

那些忠臣名将的气息在此镌刻不浓

没有多少刻骨铭心故事流传

从洪武十五年开始不再有此类错误

知县李志仁建驿修志阔步迈进历史

开基情怀使时间丰厚比山沉重

从此蒲圻山水硬朗与古驿站血肉不分

在都御史黄衷御史王秀的呵斥中

蒲圻时任知县方一桂内心不安月光同羞

西凉蒲草抖动万种风情水鸭扑天

嘉靖四年的驿站使忠臣良将如沐春风

三门三楼五厅六厢展大地辽阔

三十位马夫五十匹快马扬九天高远

住过驿站的来客心灯比道路照得更远

每一次来此内心都会激荡一回

洪秀全由此向东庶民亦可问鼎天下

毛泽东由此向北学生能兴千秋伟业

六百年来古道悠悠让人气势恢宏

有幸生于斯地山水多爱，携古道情怀

挥古驿神韵扬鞭远行，天高地阔

盼你再来怀古共赞此生没有白来

2018.1.4

# 官塘驿探古

老街没找到古驿，灰尘蹦起老高
郊野也没寻到官塘，地貌变化巨大
快马嘛哒的官道难辨旧样，路基坚硬
一条铁路延续了传输重任，马群去了远方
老车站挂钟只换了五次
站旁槐树就走过了81年春秋
现在这站不走旅客，只运货物
变化让人有些恍惚，从前我常在此乘车
也在站角为省两毛车钱逃票
现在墙白门新，红瓦不见踪影
车站不老，相邻的楼宇面目一新
只有我似乎老不堪言，心态陈旧
竟然向卖茶叶蛋的老人买车票
那种小长方纸壳白底客票，两指夹着舒坦
老人说这个的确有，不过很贵
摆在身后古玩店，还有列车员的老式蓝帽
和驿马悬挂的响铃，遇风响过三山四岭

2018.1.3

# 有鸟飞越病房级别坎

《京剧音韵》里唱腔甜，那时候医院不太认钱
老百姓也没几个钱，《雾中词》里鼓声急
但认人，级别是唯一标准，依次分为
高干病房、特殊病房和普通病房诸多岔口
鸟儿也飞不过那道门坎，昆虫唧唧一片
只有大人物的鸟形草字可以按级通过
却与字体无关，张伯驹的鸟羽体写得很好
却在讥笑中一文不值
老人家捐献的书画价值连城空前绝后
在前朝可以换个部长职位
或者一座城池一堆医院
也可引来一群名医旋转舞蹈
却在夫人潘素的哭声中一无所获
她画了一辈子美画，唯独没画清人心
伯驹先生蜷卧墙角淡然飞走，比他的字更洒脱
在《游春图》里书写《张好好诗》
携《上阳台帖》看《雪江归棹图》
《煮茶图》里《篆书千字文》
万种思绪坦然如《平复帖》

江山多变，人才辈出，鸟虫不绝

唯国宝与先生不可多得

时光啾啾远矣，《墨兰图》默然无语

2018.5.2

# 火山看星

在阿什库勒点星星数不胜数
以为火山在天空爆发，蔓延的烟雾
没完没了，站在传说冒烟的地方
没有看到大圆柱高耸入天
大地上不见熔岩溢流，地貌平静
一会儿夜空星下坠趋势，人站立不稳
突然感到地层的涌动山势的摇摆
亿万年了还如此不得安宁

这是一种什么样的生命力？史书未解
大家顿生逃离之感，星星大群迫近
几乎就要点燃我们身体

似乎发现在这朗朗乾坤，我们作为虫
抑或是虎豹，一次也没爆发
这不可原谅，连站地也是暴殄天物的狼窝
导游说无须敏感，火山爆发已隔亿年
五十年代的故事只是一些谣言
为何还如此令人心神不宁

今夜命运之幕覆盖了阿什库勒

据说死火山一直鲜活存在，而我们并不存在

羊群比行尸走肉可怕，星星四处点火

2018.2.22

# 偶过仙人桥

风上龙角山，老龙角最高

人过仙人桥，雷角峰最险

说有祖师在此升天是人为神化

炸雷劈出多道闪电，气象症候如此

不知是谁误传神灵在上不得亵渎

从前樵夫不敢爬此石脊，留给兔麂歇身

其实此处无桥无仙，只有多梦之人

大胆路过采药观风，破解些许稀奇

现在每周登山者络绎不绝，有人写生

有人探险，一线岩峰窄处尺余有惊无虞

看花人依然看花，狭路相逢勇者无敌

走过的人如获至宝，平步青云余生

踩山脚下与云比高，学者归为虎类梦想

一生太短啊自己才是自己的桥梁

修身成人修心成仙，活着没有轻松关

攀越一座座山峰只是改变出发点

你在桥上行走，一路未遇仙人故交

时间积累的传说薄如纸屑遇水消融

2018.2.24

116

## 新店土城

土城就在村南，熊嫂一脸不解
七爷八奶没说如此这般故事
专家在十米地下掘出城郭壕沟
有人挖出一些瓦当陶罐断裂石器
考证出汉朝谷粒战国狗骨不同寻常
学者惊讶的笑声感染了周围村庄
脚盆鼓声阵阵震耳，传为鲁肃发明
以助军威以壮行色，蒲草为之浩荡
史载公元211年吴军在此囤粮屡败敌手
更早年代楚国贵族筑城聚居山川别致
三面依丘垒城固守王气，楚人多杰
一面濒临潘河连通江淮，楚地灵秀
也许风水之说仅算一种心态成败在人
看着整堆出土的剑戟，疑问越来越多
何官最早筑城守土民谣莫衷一是
何人持此剑问鼎中原？蒲首山无答
何戟杀伐经年不败无书载册，时光多迷
花草岁有枯荣，文明也许规律反复

2018.2.23

# 发源桥的今生

双沟镇两千多岁了，老而无光
扳指没留下什么交代，这种意外
当年躬耕的孔明始料未及
他在哪一垄田插过秧无从考证
哪一条路是黄承彦嫁女的来路
郑张菅村沉默不答，八哥叫唤识别英雄
贵在不名时，尘土飞扬往事不可追
那些唐河白河带走的先贤创造历史
也在不经意中覆盖文明和传承
滚滚远去的不只是汹涌波涛，还有
发源桥共处的时代，故人不再相逢
那些合力同心的建桥者不留痕迹
膜拜的来客过桥不返，河上无源可发
独剩拱桥留守一份情怀两百年不散
拱圈裂缝欲说还休，桥面换了原貌
地老水衰泥河沧桑不堪，想起两块
失落的字碑，百岁老人哽咽无语
文明比人更缺乏呵护，世界诡秘莫测

2018.5.23

# 大竹山的过去

在白羊畈村大竹山是周氏家族圣地

过去名叫团山展示吉祥槐花一样广泛

临河伴路显要如常，青葱色调

百年不改，竹是竹花是花各自发家

老人说美中不足地盘被开发削小了许多

坟不见坟碑不见碑，竹笋发遍全山

相比一个家族的千年历史显得有些寂寥

过去墓碑漫山遍野像祖先摆布的战阵

一块碑就是一个传说，老人说给人灵气

上山的人一脸肃静，敬意油然而生

失意者祭拜片刻便有扬眉出剑的豪迈

得意者烧完纸钱就有虚怀若谷情怀

六百年前开基的一世祖不见踪影

口传墓大碑高坐北朝南气势显赫

墓碑七十年代修了河堤浪打不散

接着百千坟茔随着火热年代烟消云去

祭拜不再时尚楠竹生长不旺

失了敬意的村庄后生度日艰难

父亲带我拜过一个名叫家乐的先辈

这位乾隆年代的族长坟脚塌陷不显威严
父亲叫我从河堤择机找回坟前大碑
这交代有些沉重一个时代很快伴随老人远去
如今河堤重建新村面貌变化万千
那些墓碑不知沉埋其中还是不翼而飞
春天里三乡四里好多喜讯无法解释
竹笋节节拔高吼一声山角地头都有回应
匆忙飞来的鸟儿也代表一种未来

2018.4.8

# 墓碑贴满河堤

从汀泗桥走到袁家桥，大约五公里
翻新的河堤黄沙铺面，宽窄不一
汀泗河像条游动的花蛇，美丽危险
看着深不见底的牛鼻孔河潭怅然若失
我来晚了，有负慈父殷殷嘱托
那些曾经贴满河堤的墓碑不见踪影
是被时间冲入河床还是另去他方
无人知晓去向百问不得一答
小时候这些碑蔚然壮观平分天色
我们在上面摆兵布阵奔跑不停
有时泳后小憩打五子棋有时静坐观水
有小鱼游进内心欢快无比，堤上柳树成荫
那些年代碑文失去威严，不再受人尊敬
也无人为它们点香烧纸擦拭爱护
坐在上面没有恐惧和神秘感，谈不上牵挂
那年清明人们开始恢复挂山
父亲带着我拜祭竹山石金山柏树林先辈
才知有些墓碑属于我们先祖，顿时悔恨交加
父亲也常自责叹息埋怨工作组厉害

那些盗挖墓碑的农家人见一次恨一回
去年我在祖茔再立新碑企望满足父亲心愿
一说起此事泪水涟涟壮阔古碑林一去不返
清明时节却还没来由地重复，伤人心怀

2018.4.7

# 寻找古碑

瑞杰叔郑重告诉我，找到祠堂古碑
就会打开一扇通向先辈史库的钥匙
血液在体内沸腾，鼓声咚咚震响
仿佛就要接近一条神奇河流的源头
途中圣境密码就要顺流翻开底盘
无数不为人知的故事即将重现老村
他说新屋周家路边破土可寻碑迹
从前架在仓库门口水沟上无人问津
翻新旧屋时垫埋地层没人在意
传说有一人多高三位壮汉并排那么宽阔
记着家训写着起源表达着祖宗的希望
也有老人说刻有禁赌条例婚丧礼仪
大多人说不准具体内容参照无物评议无据
找碑成了共同心愿，挖来挖去并无踪迹
咒骂代替了全部程序，神秘风团依旧笼罩古村
到底是谁从老屋周家祠堂抬走祖训古碑
是谁带头打砸石雕古匾破旧立新争当英雄
有人说是福爷武爷有人说是大爷三爷
谴责谩骂于事无补一道网罩紧六百年古村

老人哀叹有些遗憾无法面见七宗八祖啦
说得我们这些辗转异乡的周家子孙心神不宁
在港边周家河水北去山势环绕人见人夸
有些秘密无法破解苍天也撬不开谜底

2018.1.3

# 柏树坡

柏树坡仅剩几处散坟，光秃孤零
全山不成林带，曾有的参天古树毁于
大炼钢铁时代，南坡寸草不生
取过石材的坑洞规则不一，石壁风化
北坡这些坟葬于六十年代，不算雄伟
饥饿年代留下的无力表现，工程不够达标
据说墓主人死于同一种"病"，水肿乏力
最后骨瘦如柴圆睁双眼惨不忍睹
他们都是我的叔爷，厚道本分终生未婚
父亲带我作过祭拜，他们给父亲省过口粮
自己只吃糠粑树叶，最后吃完草根观音土
在痛苦的腹胀中呻吟辞世，大家无可奈何
父亲含泪说他们都是好人，时值壮年
过中细节多少增加了回忆的悲伤
在幕阜山，伤感故事随处可见
我想在柏树坡种些树木，放点山羊
这样看起来会给相亲姑娘多些舒坦感

2018.1.19

## 堂屋纪事

不像大户人家，小村堂屋来客不多
进入儿时记忆的多是风车犁耙这些农具
偶有三两月份囤为谷仓，篾围在大桶上
拱起老高，金黄谷粒很快各奔东西
公粮杂差诸多开支耗尽了父辈大部分心血
红薯会接替这些空间，助农户避寒过冬
一年有二三个月薯丝顶替锅里大米位置
这时小狗饿得狂吠，孩子嗷起高高小嘴
堂屋夏天也会安放一二张竹床迎接星星
老人儿童坐在上面拍扇乘凉好不欢快
讲一些有失堂屋身份的笑话，满嘴鬼故事
在惊恐中有一年母亲突然放声大哭
唐山地震中的军人大哥生死未卜
这使我和二哥面面相觑不知所措
有一次父亲忽然陪着母亲大声痛哭
这是堂屋当大事时刻，奶奶驾鹤西去
这种事情亲人都希望避免，又无可奈何
后来父母也在这种氛围中先后远行
没有理会儿孙的挽留，亲人啊也有绝情时候

二叔说有福了这些堂屋出行的老人

像光明正大的生前，隆重入列先祖行列

那些在外面对话先人的亲人不准抬进堂屋

据说在那边其他待遇不变，堂屋固守庄严

不是每一个人都可随便进入

站在堂屋坐立不安不知何处缺失

每一次出门都高跨门槛不敢掉以轻心

2018.2.11

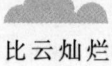
# 上屋周家老屋

望重蓬峰四字还在老屋门楣

神姿雄挺吓得一些人念错音调

三爷说要是石刻贵过城里别墅

小村时兴石灰制品百年不掉渣儿

幺叔说贫穷如草木循环不变根本

也有说三百年风骨犹存瞧那门檐雕花

细活巧功颇有乾隆盛世佛家太平寓意

老爸说大跃进年代差点拆去肥田化浆

老屋内墙泥砖斑驳到顶应是稻田旧物

生产队的决定兴奋剂浓厚，也有时代合理性

奶奶妈妈摆出掀梯舍命姿态，不泯人性本能

感谢她们撑过火热年代，为我们兄弟

留下遮风避雨之地留下清代民居实例

我们在这安然度过多年，更多故事平凡暖心

从它朴实的气息中阔步迈开人生旅途

这座港边周家唯一幸存的老屋日益衰朽

去年早春大伙劝我拆掉扩充新房屋基

都不知它承载着村庄太多的秘密和传奇
在深夜远戍边关的我常在此梦聚父母
忍住岁月伤痛为新的一天吹响风铃

2018.2.10

## 新屋周家冬青树

独立祠堂后地，老冬青神秘寂寥

常有麻雀聒噪其上，三五成群不散

午后最为热闹，七妈说是先人唱歌

听得人脊背透凉，看着树干确有异样

树巅不知何年何月不翼而飞

日机炸落还是暴风吹折？老人唠叨不清

树身爬满青苔乌藤，内心枯空如瓶

散枝蓬乱张扬仿佛人为嫁接

绿叶旺盛地提醒生命的古老

祠堂仅剩一堵残垣，古碑散失已久

树边水塘不存，谁在坚持一份无果的守望

除了这棵三百岁冬青树，村庄空无古迹

很多传说无物佐证，很多楼桥了无遗痕

宁夏回来的三爷对着老树寻根问事

也没几个老人说清子丑寅卯

麻雀翻叫枝条让人顿生敬意

不知哪位先人又在咒骂我们无知

云朵洒下一些雨滴，来意不明

2018.8.23

# 又见厢房老床

再见你时已无伤感，模样生疏
白蚁掏空的身子摇摇欲坠
入眼还能感受壮硕厚实分量
古董商唤作鸦片床一脸惋惜
从前有多少人躺卧其上吸食鸦片
老人纷纷故去详情不可考证
可以确认的是在这斑驳厢房
木床与鸦片无关，承担安家责任
八六年母亲在上面呻吟远去
让此床与我们血肉相连，不可分割
这张分自地主家的木床不算名贵
历经多年不忍抛弃，又保管乏善
厢房家什散乱，它存在最久
默默地与老屋融为一体烂成时间

2018.2.7

## 天井正在消失

这个词汇正在消失，不是天井的责任
是老屋没有章法，让天井无可奈何
在老屋这是一个不出门也能看天的地方
不只是从前的闺房小姐，还有咿呀学语小孩
在这儿对空数星，与月亮对话
沉默多日的也会说几句悄悄话
有一些喜燕从天井飞进老屋筑巢
云彩也会区分时段亲近故人
一些郁积的废水经天井散向远方
喜怒哀乐丰富了天井的生命色彩
一个人最无助的时候，老屋天井给你希望
让你看到阳光还会穿过缝隙前来相聚
我坚信天井藏着老屋的魂魄
即使老屋损拆殆尽，天井也会收好记忆
等待主人回来领取，找到新的发现
它不会消失，只是坐进大地深处
植被作衣星星当灯稍事休息一会

2018.2.6

# 乡间正屋

墙上没什么讲究，偶贴年画

多数农户不做粉刷不吊宝顶

让砖路纵横交错演绎一些八卦

任红砖原色拓展小孩想象空间

乡间正屋都比城里宽阔高大

一张木床四平八稳地提示急慢不得

这是主人寝室，故事核心所在

有的偶施粉黛墙纸贴面喜字当头

这是迎接新主人的打扮，好多陈设换样

锣鼓咚锵揭开新一轮家族循环

生儿育女永远是重头戏，不得罢演

有些家事父子情节雷同，主人相异

霹雳手段只在婆媳间出神入化

斗得再激烈也得喊声娘，寸草报春

吵得再凶狠也要带好孙，枝繁叶茂

正屋事儿大小都是家事，出门不露风声

争得再天昏地暗爸是爸儿是儿

事到临头还是咱爷儿说了算

乡间正屋呀热闹着自己的热闹

2018.2.12

# 乡村厨房

在白羊畈，厨房不是逼仄小间

是正屋后面浩然阔绰一排平房

或三间或五间大灶小炉齐全

大伙称为余屋，向你打开另一个世界

筛篓篮簸各种竹制品展示非遗绝活

蒸笼水瓢众多木质厨具再现古风古韵

清甜井水从地层深处上来问候

一些少见传统烹艺唤醒美好回忆

鄂菜美食梦中致爱信手拈来

过不了厨艺关不算好媳妇，那是梁上冬瓜

带不好新媳妇不是好家婆，人称南山北瓜

那些远道而来的贵州广西媳妇们出手不凡

个个一月成名，来客交口称赞老村真传

冥冥中她们仿佛与这土地前世有约

与云朵一起灿烂了乡村原色调

阳雀把幕阜山叫得柔情似水

老人说有了她们这些花朵打扮日子

新村生活不仅仅从厨房开始

2018.2.13

# 幺爷不喜厢房

结构上厢房是老屋的陪衬
从前大户人间住过一颦三叹的姨太
平头百姓家住的都是儿孙小辈
刀上寒暑春秋，从这儿升级到正屋
过程艰辛，少说也要打拼二、三十年光景
多少摸爬滚打不能向前一步
多少风霜雨雪不沾半点关系
蔬菜瓜果一年一度，幺爷说
人的一生长不了多少拐弯
修成正果不只是结婚赡老生儿育女
家里村外是挑梁，国事民生匹夫责
扛起几分算几分，祖宗心头重千钧
有的不婚不嫁厢房聊度余生
他们与正房的距离隔了漫漫一生
厢房也有霸气时刻，偶然来住客人
三两步即可迈入正屋议事断非
在厢房长住一生的幺爷讥笑评说
那只算匆匆过客地位不比爷们高多少
看来屋与屋之间的秘诀云雾一样无边

2018.2.14

135

## 人物石砚

友人售我一块人物石砚不忍再看

刻着一对文武官员对弈平分秋色

背后铭文：珩置于道光二十二年

主人寂寂无名不可考证

图案寓意翻江倒海确不平凡

这一年是公元1842年，多事之秋

正月秀才钟人杰崇阳起义失败捐躯

四月定海镇海宁波接连陷落三总兵殉国

五月吴淞口失手，七旬老将陈化成成仁

六月繁华镇江变废墟，守将海龄夫妇举火自焚

七月丧权南京条约签订，香港无辜被割占

中国进入半殖民地社会，侵略者接踵而来

魏源同月刊行《圣武记》和《海国图志》

誉为首位睁眼看世界的爱国志士

十一月捻党马宗禹在安徽起义失败

广州爆发火烧英国商馆事件人民自古不可欺侮

这一年八月梅兰芳祖父梅巧玲出生于泰州

民国外交家伍廷芳几天前出生于新加坡

守台名将唐景崧岳麓大儒王先谦南粤先贤郑观应

同年出生天空星汉灿烂

行家说制砚者寄寓石来运转是否相关当年时局

岁月悠悠无解此问已成千古谜团

2018.5.13

# 瞻赤壁摩崖石刻

石头不曾冰冷，与那场大火一起不朽

大火消失温度从不消失，石头一直见证存在

那场大战早已远去，剩关联故事长久不散

作为可感可摸的历史与你共同呼吸

不同时段不同人物登场，来者皆可旁观

其中学问足以指点江山惠泽万代

周瑜火光中乘兴刻下赤壁巨字仅是传说

字体暴露了唐人秘密，万种豪情系于英雄一身

周瑜千秋不死，芦苇受压必显反弹天色明亮

阳光比水公平，撒向北岸也撒向南岸

只有身处阴暗地带才抱偏颇陋见

李白击鼓高吟《赤壁歌送别》一壮心魄

杜甫悠悠梦赤壁浩浩情怀徒叹苍梧失一统

杜牧磨戟感慨东风神灵天下兴亡有命

南宋民族英雄谢叠山在乌林拾起尺余箭镞枪戟

叹息战争残酷世事无常从容绝食殉国

明朝诗人王奉偶过赤壁慨咏赋诗刻石

在矶头呐喊讥笑孟德不自量力

浩然正气贯透史书振聋发聩

洪武士人曹君亭惊为灵地耳目一新

山水圣人张庭瞻眺太息书石铭志

万历尚书方逢时叹千古憾，渔歌声里斜阳红

明后五子魏裳击楫中流看天地仍含百战心

夜里先贤道长乘青鸾游于大江抚慰亡灵

那些战死他乡的将士在梦里安然返乡

崖壁上"鸾"字熠熠生辉照亮四乡八岸

戴冠执矛士兵刻像执着守护江岸安宁

秋瑾凭吊豪杰水势潼潼夕阳火样灼红两岸花

惊涛拍堤乱石穿空滔滔长江无边长

城郭多彩壁立千秋红水天一色气势壮

风雨不蚀赤壁，挥江旗涛鼓万代跳活英雄舞

2018.2.23

# 麻雀纷飞：公元十九年

这一年春草稀少天下盗贼群起

王莽命人算出三万六千年日历

第一次把《新乐》呈献明堂太庙

下令每隔六年改换一次年号象征吉祥

诏书说他会跟黄帝一样成仙升天

想以此欺骗百姓瓦解盗贼

皇帝此举引起天下耻笑


新朝召集奇师术士以攻匈奴，应者云集

有的说不用舟船桨楫作法渡军过江

有的小食药物可不饿行军，军资大省

有的日飞千里察敌探秘，镜样知己知彼

王莽亲试真假， 来人拿鸟羽做成两扇翅膀

头身附上羽毛飞行几百步就掉下大地

王莽碍于爱才名声任为理军，赏赐车马等待出征

草民范升求见大司空被拒，驰骛覆车之辙不可避免

翼平郡守田况虚报田亩增税迎上获爵赐钱

自劾炫耀守土政绩不赏反责

蓬莱高个巨无霸被奏为上天派辅新朝奇士

140

赐姓巨母张扬皇帝霸王符命震慑天下

这些奇谈怪象预示了一种反常的合理

这一年气候变冷，人口自发南移

一些燕子飞来飞去

2018.2.28

# 石榴：公元前781年

石榴木者性如生姜花红似火，庚申年多变
公元前781年，败于姜氏之戎会战的周宣王抑郁而亡
这位早年历史有为的国王，诗经器皿记功颇多
青铜器《毛公鼎》刻录铭文最长，要求广开言路
官吏征收赋税不能中饱私囊横征暴敛
大臣要管好僚属不能纵酒胡来，明智精干跃然鼎上
早年讨伐侵扰周朝的戎狄淮夷功勋显赫
晚年冤杀大臣杜伯，弄出左儒陪友同死的故事
让人迷惑难解惊叹不已

这一年其子周幽王宫涅继承王位
西北干旱严重，疫病流行大地颗粒无收
洛泾渭三川干涸，岐山整块崩塌
当时差距地震强烈，可幽王不思救火之灾
反而纵情声色犬马醉生梦死
三年后史上第一美女褒姒才会出场
烽火台出现骊山西绣岭第一峰还没到时候
身死国灭还早，历史也会拐个弯
最早阴阳学家伯阳父预言国灭不远

主张"和实生物，同则不继"，没人搭理

太史公只好告老引退，先知总是一生孤独，

幽王不知原来事物相异才能年丰物富

崇尚武力超过乃父，讨伐六济之戎大败

不影响从容排练"烽火戏诸侯""千金买一笑"大剧

2018.6.9

## 于谦的宿命

他是听着钱塘江潮长大的雷公汉
浑身透着潮水的爽直痛快性子
数落反王句句穿心使其伏地抖服
巡按江西慧眼识错，雪冤释囚数百
纠贪除恶肃净官场一片百姓称快
巡抚河南山西18年，深孚众望
筑堤黄河治灾防患解民隐忧堪称奇绝
铁面没收私田，全部化为戍边长城
冤死百年后手栽杨柳招展清风复活
铸置的铁犀镇河千年定心鼓气不散

他有那种钱塘江潮席卷一切的果敢霸气
面对战和危局，从容作诗《岳忠武王祠》表心迹
回想拍岸涛声，严词驳斥迁都谬论
黄叶漫卷古祠，清山荒冢高过白云穿梭
前世英雄朱仙镇后无凯歌，看宫阙嵯峨
救世英雄凄苦，临危不辱使命九门列阵御敌
德胜门外身先士卒出生入死一振弱残守军
赢得京师保卫战全胜，忠臣再显砥柱神威

改革军制十大团营御敌京外边关
固本中兴史书称善大明江山再沐春风

他有那种钱塘江潮滚滚远去的舍身豪迈
抱病轮值中枢不回不误，国事敬为天
荐贤举能不染半点私，人称救世宰相
景泰八年阴云密布小人得势忠臣蒙冤
救国英雄弃尸闹市，抄家仅剩皇赐蟒袍剑器
生前廉守不置家产，死后家人充军边疆
自古英雄曲高和寡，悬居祠庙身后寂寥
一卷《于忠肃集》絮说《石灰吟》《入塞》
西湖清风留人间花开花落常赖英雄气
钱塘江潮一年数次反复，清白才是人生完境

2018.3.23

# 杨业气概

有人称为传说，有人说是一场舞台剧

小杨业倜傥任侠读书不多打猎从不空手

成年骁勇善战，身上多余的只是一股豪气

降将身份一背多年，任天地花开花落

太宗封赏深厚，英雄从来不问出身

无敌边关传为说书故事，史册不载

雁门关外杀敌驸马，引来众将妒能

自古英雄孤独，朔州前线独逞英豪

陈家谷口只有风如故，接应有草无人

忠臣命途多舛，射伤的不只英雄身躯

还有耿耿丹心，难得绝食以示忠贞

在没有节操的五代十国年代纷乱过后

英雄用死再建荣誉秩序，风沙远去

皇上一滴清泪湿了万里边关长河落日

李陵碑下气贯长虹，据说生死由天

儿子六郎戍边千里破阵震敌远遁

孙子杨文广征夏防辽病卒任所

裔孙杨再兴孤军战出郾城大捷

小商桥殉国沙场身中箭头两升慑破敌胆

三百年春秋印证大宋壮烈一面

一个家族前赴后继鞠躬尽瘁厚重了青史

自此悲壮剧情不断，将军杀伐有典

穆桂英挂帅张扬了千年巾帼豪迈

佘太君点将延伸了民间英烈气概

演归演唱归唱，天地间英风骨气常在

夜里打马关山，冷不丁一声吼

豪爽了古今英雄，一生当做绝世人杰

晓风残月不负清照千秋望

2018.6.11

# 明末江阴纪事

公元1645年夏天空灰暗，唯江阴光亮一片

小小典史阎应元率义民拒24万清军于城下

孔庙明堂立誓：头可断，发决不可剃

时居高官名重者，以蒙面乞降为得意

一批封疆大帅争相降清反戈内向

民族危亡之秋孤城碧血自发独守81天

使敌连折三王十八将，死七万五千余寇

城破之日义民无一降敌，老幼仅53口幸存

如此石破天惊壮举，在黯淡的晚明夕照中

无疑最富光彩力度，冠花滴血石榴吐红

江阴城沸沸扬扬的鲜血和呐喊

在剃发易服史家笔下消融无痕

洋洋大观的《明史》和《清史稿》不著一字

幸好士人邵长蘅的《阎典史记》和状元韩菼的

《江阴守城纪》留存真相，不使壮举落尘泥

微末小史阎应元穿透胫骨刺腿不跪自杀不降

满门家丁全部追随大义，典史陈明遇合家自焚

肉搏清兵战死倚刀立壁不倒巍然如山

训导小官冯厚敦身穿公服从容自缢明伦堂

他的妻子和姐姐投井尽节，中书戚勋诸生许用慷慨赴死

阖城百姓先死为荣男女老少投水蹈火自刎自缢不计其数

和尚印白躲藏寺观塔滴泪记事，英烈十万忠魂万里未肯降

无名女子殉节题诗：寄语行人休掩鼻，活人不及死人香

是月桂花不香石竹不开山河垂泪，历史因此更加灿亮

2018.6.8

# 赵一曼遗诗

在抚顺管理所战犯大野泰治立正敬礼
跪在地上献出一纸珍藏多年的赵一曼遗诗
烈士的《滨江述怀》豪气逼人甘洒热血沃中华
这个吃过中国人脑浆配药的鬼子内心颤抖
说烈士是女中豪杰世间罕见，他曾用鞭把钢针
刺捅烈士伤口旋转着拧踢烈士腹部乳房脸颊
不顾弱女子白骨外露多处炭化仍然施用电刑打烧
甚至施加难以启齿的非人折磨，都不能逼烈士就范
这位极端摧残下绝不放弃人格尊严信仰的英雄
让鬼子叹服，此刻人类历史显得更加黑暗

当众多关东军战犯被劳改丧命西伯利亚时
这个自述杀过千名中国人的大野泰治健康归国
用几滴眼泪轻松换取生命的宝贵延续
比那些无辜屈死的千万中国人幸运
哲人说不是所有正义都会得到伸张
阅读赵一曼遗诗内心隐隐作痛
烈士14岁接受先进思想18岁投身革命
这年纪如今很多女孩还在父母怀中撒娇

21岁冒险入党，26岁组织派往东北抗日

这年纪如今很多女青年还在盲目追星捧月

30岁任抗联团政委，31岁不屈牺牲

这年纪如今很多女人还依偎丈夫怀中弄爱

就是这般年纪啊一位女英雄从容装点历史

世界在平凡中隐伏着诸多不平凡

2018.6.6

## 世纪老照片

百年老照发黄不多画面清晰
八国联军官兵攀梯进入北京内城
扶梯的大清百姓面目慈善微露笑容
带路的长辫子比推车的长辫子积极
资料显示有人收了洋大人一两银子报酬
说比前门卖豆腐合算，争着预约翌日工活
城墙边看热闹的大爷少奶们一脸媚笑
玩鸟的小九说三生有幸这回看上朝廷笑话
一切都像演习，不像首都攻防战
这一天宣战的老慈禧仓皇出逃西安
东南互保碎了朝廷天下勤王一说
天空比日子晴朗，偶有几声炮响
记载好像是1900年8月14日，史书重点
兵力对比据说二十比一，洋兵缺人保障
当时一些大清百姓忙着帮老外搬运弹药
对细节留心不多，好在洋人自己拍照留影
史书上说后来洋人还有清算杀戮
这一点民间没人否定，都是往事旧照
老人们提起不多，大伙也不愿扯那么遥远

2018.6.5

# 读杨靖宇传

史载将军牺牲于蒙江日伪军围剿，情形壮烈

阅读至此万众咬牙切齿，争相人肉凶手

不仅仅是面目狰狞的关东军鬼子

不仅仅是丧失人性的伪警厅厅长

置将军绝地的竟然多是身边同胞

第一个叛徒：抗联一军一师原师长程斌

这个将军最信任部下投敌捣毁抗联生存密营

使零下四十度林海雪原无处存身

第二个叛徒：抗联一军警卫旅原参谋丁守龙

暴露将军行踪人数带来更为险恶凶境

第三个叛徒：抗联一军原警卫排长张秀峰

这个将军抚养成人的孤儿携抗联经费投敌

向日军提供将军突围路线活动规律

第四个叛徒：蒙江县保安村民赵廷喜

这个将军保护对象拿着将军托购鞋馍的救命钱

迅速向日本鬼子告密将军藏身地点

第五个叛徒：抗联一军一师原机枪射手张奚若

按日寇吩咐将罪恶子弹射入将军全身

第六、七个叛徒： 抗联一军一师原战士白万仁王佐华

协助张奚若开枪杀害将军铡下头颅……

将军原名马尚德乳名顺清牺牲时年仅35岁
系抗联一军军长、中共七大筹委委员
天道不公，害死抗战民族英雄的叛徒多是中国人
像日本侵略者一样凶狠，让人匪夷所思
历史有时瞎眼，放任一些叛徒活到八十年代
读史读出一堆问号百思不解寝食难安

2018.6.18

# 再读狼牙山五壮士

读狼牙山五壮士篇章，心被时空带走
有人挑刺跳崖地点有人考究掩护对象
有人说是扔尸有人说是溜崖，在意烈士拔过萝卜
这些人当时不在战场，在场的烈士又吭声不得
和平久了，是时间变得苛刻还是有人别有用心
只有风知道，看着史书中成群举手的汉奸
历史证明五壮士才是民族脊梁最后良心
虽然他们的英雄故事一度从小学课本消失
在这暖和早晨我们能感到他们就是那道阳光
照彻灵魂纯净勇敢，摒弃私心大公无畏
就是巍巍山峰，永远支撑民族魂的高度
就是大地坐标，始终丈量人心的高矮
他们的生命已化作民族脸谱，活着是为别人
相信他们一直还在人间行走，镇妖除邪
让健忘者无地自容让造谣者不攻自破
狼牙山景区在五壮士铜像旁碑雕消失的课文
但愿能够长久刻入人心，一个遗忘英雄的民族
只会灭国亡种，对此历史从不手软留情

2018.6.29

# 文山公年表

公历1236年6月，白掌花高开屋头
生于庐陵富田村初名云孙，少年有志
考中贡士换名天祥，此后气魄宏大
18岁乡试名冠榜首进学庐陵官，凌霄花盛开
看见学宫祭祀乡贤欧阳修杨邦乂胡铨
谥号都为"忠"，钦敬男人当为其中一员
19岁春入白鹭书院玉兰花大如盘，修业欧阳守道
20岁中进士含笑花开苞，在集英殿答对论策
当时理宗疏于政事，文天祥以法天不息为题
万字文章一气呵成，理宗亲拔为第一
中状元后改字宋瑞，拜忠烈祠涕泪双流

24岁元军入侵南宋，宦官董宋臣建议迁都
没人敢否，七品节度判官天祥上书杀董以统人心
因不被采纳自请免职回乡，不与奸佞同朝
这一年朝臣冷漠木槿无端花红
28岁权刑部郎官，一一上书揭发董宋臣罪行
杳无回音，因此茶花盛开季节贬出知掌瑞州
重修名胜碧落堂忍看腊前风物已知春
37岁起草制诰讽刺宰相贾似道几次被斥责

受到迫害被援引钱若水例子退休，水仙傲月开

39岁被起任赣州知州主张少罚人民多用义理
万民教化百里橙乡兰花香飘有无中
40岁长江上游告急宋廷诏令天下兵马勤王
文山公捧诏痛哭散尽家资聚兵万人入卫京师
朋友制止他驱羊斗虎没有挽澜意义，杜鹃红遍赣南
他誓愿以身殉国激起后奋，不可失义天下
41岁临危受任右丞相兼枢密使，都督诸路军马
元兵临城报春花开不逢时，文武官员纷纷亡命天涯
奉旨赴敌营谈判遭扣，恭帝与太后率百官降元
端宗即位福州，天祥镇江脱险投奔抗元
随即赶到南剑州聚兵备战胸襟开阔
42岁举大军入赣大捷于都连克吉赣诸县
八月兵败永丰空坑， 妻仆子女俱陷敌营
桂香飘熟石榴红，天公无语对枯棋

43岁进兵海丰， 命弟文璧攻取惠州
八月朝廷加授少保信国公，文母曾氏被封齐魏国夫人
十二月被俘五坡岭吞食龙脑不死，长子19岁劳瘁惠州

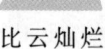

腊梅临霜峭立，长使英雄泪满襟

44岁正月押过零丁洋，作千古名诗《过零丁洋》
二月崖山海战宋亡张世杰战死，陆秀夫负昺帝投海
六月被押往元大都，经故乡吉州南京历时四个月
一路荷花红遍江南，荷叶滴泪又一秋
45岁，在狱中平静集杜诗为绝句不受亲友劝降
二月多雪，帖梗海棠朵朵见红心

46岁作《正气歌》气壮山河节高魄远
家有高堂从容托弟后事，转囚矮窄潮湿土牢
河山不堪天地浩然落日临头如滴血
47岁病痾体弱，作《衣冠带赞》自娱不就高官厚禄
深秋致舅书再嘱后事，希望葬骨故土文山之阳
元帝召见欲续委大任，天祥不拜求死
公元1283年1月9日天色昏暗，文山公一路歌诗
从容就义燕京柴市，张弘毅带十义士奉柩暂葬五里道旁
负英雄遗齿须发及遗文南归，天降红雪如梅花
公元1284年初春，民族英雄安葬吉安富田村鹜湖之原
人称虎形地，每年秋季枫叶红透山色高天
青史大地长垂浩气，千秋家国不散精气魂

2018.3.9

第四辑

长诗精选

# 信号灯高高挂起

2018年1月31日晚，月亮女神上演"月全食血月＋超级月亮＋蓝月"三景合一旳天文奇观，152年一遇。我国绝大部分地区都看到"血月"，全球太平洋地区与北美西海岸地区同睹风采，如此独具美感、变化特别的视觉盛宴，堪为千古奇观。

本次月全食的初亏为北京时间19时49分，食既为20时52分，生光时刻为22时08分，复圆时刻为23时11分。其中，从食既到生光的这1小时16分是最精彩的部分，也就是著名的"红月亮"时段。海上生明月，天涯共此"食"。"蓝月"并不稀有，但如果"蓝月"是一颗"超级月亮"，又同时发生月全食，那就是十分罕见旳天象。"超级月亮"与月全食叠加出现，上一次发生这种现象可追溯到1866年3月31日。"超级月亮"指的是月亮"微胖的体型"，本次"蓝月"发生时，月亮恰在近地点附近，从地球上用肉眼观测，月亮看起来比平时更大。月全食现象发生时，会有"血月"出现，月全食现象包括初亏、食既、食甚、生光、复圆，本次月全食的最精彩部分在20时52分出现，全食阶段持续1小时16分钟。实际上我们故事的主角就是红月与蓝月，以152年为标尺，2018年成为界点，丈量时光隧道，历史闪现迷人的光彩，与我们的目光交融生辉。

——题记

## 序声：山河壮阔

如果你一片茫然

请踏着月光的神韵出发

信号灯已高高挂起

如果你一无所有

请吸着月光的清香站起

天地的引力是如此神奇

红月为阴蓝月为阳相向打拼

152年时光有人称为鹊桥战道

百余年奋战才有一次胜利团圆

这是亿万人欢呼的好合纪年

光荣属于这对战神夫妻

丰碑记载他们难忘的岁月

只有战斗才会拥有一切

只有前进才会开创新纪元

历史魅力无穷，读之明志正身

研之兴替了然于胸，江山似可指点

时光隧道如歌如雾，清者明浊者迷

## 一、第一个好合纪年是一个多汁梨子

诺贝尔发明的硝化甘油炸红公元1866年的天空

欧洲贵族一片疑惧茫然，有的国家禁止制造

在东方板荡的大地趋向平静

天国余部李世贤汪海洋不知所终

捻军将士的热血滴红了李鸿章的弯刀

左宗棠的福州船政局横空出世

人心思变，一个名叫洋务运动的新生事物开始席卷大地

却没有一位名叫孙文的小孩诞生震撼历史

所造零散不全的新船儿望洋兴叹

没有这个小孩走得更远闹得更响

有人说是神让他来到人间别开生面

有人说他集中所有良知带来一个时代

德国人西门子发明的首台大功率发电机不足挂齿

英国医生唐·约翰·朗顿最早命名唐氏综合征至今流传

却因歧视病人面宽眼小类似蒙古人种

被认为无礼和没有医学意义贻笑大方

汉诺威王国灭亡普鲁士战胜奥地利的消息意思不大

这一年黄崖山惨案不被历史铭记

尽管电报通讯第一次跨越大西洋

人们的喜悦还没有德意志联邦宣布解散传播迅速

这一年三代帝师祁寯藻西去，一生多传奇

奉命核查厦门战况揭露妥协派诬蔑，忠直可嘉

心系苦农撰著《马首农言》壮三晋经世致用

德国数学家黎曼患肺结核病逝塞拉斯卡

他的名字与数学分析和微分几何众多定理同在

小镇布列斯伦茨因其诞生激起更多探访兴趣

## 二、第二个好合纪年是一个透红苹果

公元1714年马奴托海的苹果硕大无比

汉科角海战彼得大帝战胜瑞典海军

从此开始俄国海军"甘谷特号"战舰命名传统

土尔扈特汗国阿玉奇汗晃着苹果一样黑红的脸膛

一直笑个不停，天地宽阔啊

欢迎天朝使团的仪式隆重细致

殷扎纳宣读康熙皇帝的敕书铿锵有力

纱帐微微晃动，万物肃静

上差大人图理琛咬着红苹果醉了

伏尔加河沸腾不已，天蓝得出水

一顶顶毡帐弥漫着苹果香味


这一年济世良医姚安世降生庆元县东门村

老皇帝热血沸腾，编成天文数学乐理丛书《律历渊源》

他向大江南北推广新稻种长势良好

被李煦大人尝试一年双熟

每一粒谷子散发老皇帝喷吐的芳香

在三亚下马岭，小人物在巨石上刻下"海判南天"

也能牵动历史名传千秋

至于钦差大臣苗曹汤是一人还是三人

面对千重浪头不足轻重

"海判南天"是"皇舆全览图"的测量元素

还是展示天涯人生感怀情结亦无探究意义

剖开的石块一面静静指示冬至正午太阳高度

一面默默指示北极高度

冬至之日正午就能看见

太阳缩成一个苹果与石面重合同高

此刻大海不再判定天文密码

只是淡定地告诉你苹果的香脆让人着迷

# 三、第三个好合纪年是一个腐烂柿子

公元1562年就是一个发霉的烂柿筐

嘉靖帝的仙丹冒着青烟熟得透紫

严嵩是一颗最大的烂柿子

和其子严世蕃一起落成屎堆

法国瓦西镇大批新教徒被砍成柿渣

欧洲第一次宗教战争瘟疫一样爆发

温柔的面具弥漫着诡秘的血腥味

神父的咒语不可预测无法阻挡

这一年宁德柿子大片早熟

倭寇砍下的人头比柿子落得更多

被掠夺的"大楼船"堆满柿子女子

危急时刻戚继光受命从温州出发

士兵咬着烂柿子由分水关挺进闽东

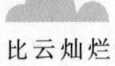
收复的宁德县城见不到一个好柿子
空落的柿树下凄惨一片
在凶狠的拼杀中将军的鸳鸯阵大显神威
有人看到倭寇的头颅烂柿子一样坠落
狼筅的神出鬼没刷新了兵器高度
戚氏军刀百年后依然述说精典传奇


这一年嘉靖皇帝的脑袋比烂柿子好不了多少
在皇宫重修三大殿执意举行命名盛典
虽然工匠为此累死有人倾家荡产
但没谁记得个中细节
只有皇帝的名字留了下来
与皇极殿中极殿建极殿一起不朽
这一年大江南北飘着烂柿子的霉味
起义军领袖张琏败逃苏门答腊
科学家徐光启和后来的东林七君子缪昌期降生
给历史带来一丝清新气息
这是后人的吉祥说法
当时他们与家人一样不为人知


## 四、第四个好合纪年是一粒弯弓上的坚硬弹丸

公元1410年日月浑圆像大小弹丸
天穹之弓反复击弹一种绵长的坚韧

波兰东北部奥斯特鲁达市以南的村庄里
一些乌鸦自由自在地觅食失败者的血肉
7月15日属于英勇的波兰立陶宛骑兵
刀光剑影、人仰马翻、相互厮杀的壮烈场面
瞬间消失，寂寂无名的格隆瓦尔德从此不朽
国王雅盖沃终于击败条顿十字军团
马尔堡作为骑士团国都不复存在
历时两百年的十字军东征停下扩张步伐
骑士团力量步履蹒跚迈上没落之路
中东地中海沿岸复归平静凯歌倒吹白云
正义之鸽高翔蓝天彩虹之上
这一年被战神酷爱，黑羊王朝挥军南向
占领伊斯兰文化名城巴格达，国事花样鼎盛
后龟山天皇逃出日本京都重建南朝
持续一个世纪的争战拉开序幕

草原苍茫枯草一片连云天
明成祖亲率北征大军饮马漠北
胪朐河得名饮马河万千亡魂和水澎湃进军曲
郭骥丘福李远王忠冤魂击鼓长空壮行
蒙古大汗本雅失里在败亡中一命归西
不可一世的太师阿鲁台俯首归顺王朝
从此北方战狼一蹶不振不复为患
南方以南王师征讨陈季扩收拾金瓯一片

167

郡县安南史书再秉英雄笔

这一年朝廷申明旧制不许与民争利

四品以上官员之家收起行商掠利之手

历史朝劳苦大众展开温情暖心一面

这一年命运之神眷顾大中华民族

这一年大地再创辉煌承启未来

深秋十月成祖作书《务本之训》赐传长孙

君王贤昏之道涓涓润泽后辈守成多艰

仁宣之治由此升起治平之象

每一丝小小变化都孕育着无穷生机

每一株小草怀揣兴旺种子不可小觑

一条小沟也酝酿着大海的浪潮

这一年世界上诞生了第一家火枪公司

这一年小村深圳因村落边有条水沟得名

六百年后一个东方民族的命运在此揭开崭新一页

## 五、第五个好合纪年仍是战车的囮囵转轮

公元1258年暗藏潜流，猫头鹰尖叫无人理睬

距天可汗命丧合川钓鱼城尚隔一年

他的死阻挡了蒙古大军西进的铁蹄

西南小城扭转了世界历史进程

蒙古帝国从此陷入内耗走向分裂

宋理宗进入晚年重用奸佞朝纲大乱

此刻灭国四十的蒙哥大汗自欧洲大陆东返

剑指中原多路分兵南下所向披靡

大宋王朝的隆冬提前来临

剑门苦竹隘守将张实杨立为国捐躯

小小关隘阻军百天蒙哥大汗下令屠俘

大宋军民的抵抗南北呼应气壮山河

海州通判武状元侯畐寡不敌众壮烈殉国

妻子七人同赴国难，遗著《霜厓集》洛阳纸贵

报国英雄知行合一长使故园落满泪


这一年蒙古统帅旭烈兀灭亡阿拉伯帝国阿拔斯王朝

他将"上帝之鞭"伸向西亚，在真主的土地上建立汗国

尽管蒙古人的伊儿汗国延续时间不长

却完全改变了西亚历史，黄金家族令天地生畏

这一年威尔士公国正式成立，明月浑圆

威尔士人对侵略的长期抵抗结出硕果

这一年奥斯曼帝国的创立者加齐诞生

伊儿汗国的第四任君主阿鲁浑来到世界

在中国书法大家邓文原发出第一声啼鸣

世界在月辉照耀下显得丰富多彩


## 六、第六个好合纪年是转盘上的甜糕喜饼

公元1106年成为宋徽宗少见的开心年份

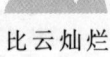
蒲甘国王江喜陀遣使朝贡大宋

朝廷天威布泽南方以南蛮荒以远

武昌人口倍增前唐各地祥瑞频报

这一年2月2日掠日大彗星横空月余

神奇地解体出一群克鲁兹族彗星百年后回归

其中谜底五百年后天文学家哈雷才会揭开

联系天象元祐党人碑受到言官指责

北宋哲学家杨时知县余杭刚直不阿

力阻权臣蔡京葬母南湖震动朝野

作为程门立雪当事人从容撰写《余杭见闻》

愤慨欺诞为能竟成官员一项技能

这一年元符万宁宫在镇江茅山建成

徽宗敕江宁府发兵两百供道观巡逻洒扫

专立兵营拱卫道教福地盛极一时

国之卫士竟轻掷闲用，亡国之祸岂可避免

埃及法蒂玛王朝统治者阿慕尔建造清真寺

以自己名字命名，文化韵味不同的建筑浑然一体

成为犹太教基督教和伊斯兰教共处圣地

这一年名相曾怀史浩降世，大宋喜得贤臣

这一年诗神酒客林外生于乱世

离他旅舍《题临安邸》还早二十年

勇为灾民请粮的都官郎中章甫辞世

大宋王朝敢说真话的官员越来越少了

这一年朝廷下诏核定税收，国库钱堆如山

徽宗画院人人会画蝴蝶梦中家万里

崇宁通宝御书瘦金体骨秀格清

堪称币文楷书巅峰，御画《写生珍禽图》引为范本

大宋皇帝精心将自己画成了韩州和五国城的金丝鸟

150年后赵佶演回南唐后主，长使青史多叹息

## 七、第七个好合纪年是弦月金钩

公元954年大事频繁弦月如钩

滚滚云烟掩去太多梦想幻象复杂

后周太祖郭威病逝首开天子薄葬先例

正月大赦天下，与蜀国边民通商示好

诏令登州刺史周训堵塞黄河决口

世宗柴荣亲征胜汉危难时刻继位创业

高平一战坐实马上天子英名

初战不利敢冒矢石亲扭危局以少胜多

中原王朝从此由弱转强江山多娇

皇帝亲讲治军四义使西涧村名垂青史

后周重农恤民政通人和乱世大治不易

浚通漕运文教隆盛时刻备战一统河山

伐唐胜蜀北征契丹尽显英雄本色

后蜀四州归统兵不血刃收取燕南宝地

大业未成英年早逝长使史家叹惋惜

一代雄主周世宗使史书长久鲜活

北汉世祖刘旻不听李骧忠言兵败郁死

无赖出身终以无知屈辽盖棺，空座开国虚名

这一年长乐老宰相冯道辞世，留下不耻样板

五朝少师杨凝式伴疯辞官，流连身殉山水胜景

这一年宋太祖赵匡胤因功擢升殿前都虞侯

大人物出场不起波澜时空看似平常

风云际会岁月英雄惺惺相惜，草木多情

北宋名臣王元之戚纶石保吉出生天地似乎霞光灿烂

据说这一年隆冬奇冷大地有不堪重负之感

## 八、第八个好合纪年是花环光晕

美丽与神奇像不息的河流

从公元802年开始给吴哥带来福音

四百年建成六百座各式建筑，丛林神圣华丽

贾亚瓦曼二世统一高棉开国君主魅力无穷

芙蓉尖塔积聚了王朝太多梦想

暹粒河滚滚翻腾不尽的王朝旧事

这座石块堆砌的吴哥都城气势非凡

精美玲珑的石刻浮雕栩栩如生

龙腾浮雕回廊环绕最后的王家气象

王城大道日夜奔响典礼的马队声

这一年顺应利贞两位大师创建韩国海印寺

牛头山因此光芒璀璨，憧千支柱和石塔如精神不朽

千年大藏经使人类文明没有疆界

这一年承远大师告别弟子安详示寂弥陀寺

数十年如一日不改苦行僧风范

节省衣食接济饥馑穷人善心远扬

书写净土经典章句巷道山崖雕刻传道

人们传诵的是比佛学更高的学问境界

这一年刘禹锡调任渭南县主簿开篇千古佳文

揭示内心强大的人无所畏惧

中唐名将王翃卒于任上，心忧藩镇尾大不掉

唐代故事高手李公佐浪迹偶过淮浦涟水

山水无常南柯太守时常梦游槐安古国

千年不曾忘返仿者络绎不绝

这一年西川节度使韦皋大破吐蕃献俘朝廷

骠国遣使献乐大唐皇帝仿佛四海归心


## 九、第九个好合纪年是初上华灯

恰逢狗年公元650年狗之卧地勃然而起

永徽之政顺延贞观遗风，大唐有幸

皇帝一日一朝勤勉有加贤臣满朝

最完整最古老的法典《永徽律》开始编修

这年正月唐高宗册命王氏皇后

可惜中宫好福不长，百姓阜安

洛阳人李弘泰诬告长孙无忌谋反被斩

大足石刻开始凿实中国石窟艺术最后丰碑

名医孙思邈隐居太白山不奉皇诏

济世仁心和《千金方》一起温暖人世

皇帝《求贤诏》震动关山，天下英雄云集

开拓大唐最辽阔疆域的时代揭开序幕

功勋属于把目光投向潮头的勇士

高侃金山俘获突厥可汗，朝廷封车鼻为将军

单于瀚海设府都护远疆，高宗复立布失毕为王龟兹有福

突厥尽为封内之臣，经略西域初见成效

放眼吐蕃文成公主夫君一代雄主病卒

留下众多不解之谜，他创制的法律和藏文长久流传

引入佛教科技历法革除陋俗，每一尘土都内含光彩

国相禄东赞秉政有力，吐蕃成为青藏高原强国

这一年大雪纷飞阿育王寺夜夜神明念经

初唐"四杰" 王勃杨炯贤相姚崇诗人杨容华名人辈出

是岁百济遣使入贡上戒不宜攻战邻国

忠告没有受到重视潜伏了王国灭亡的先奏

这一年古希腊文化进入繁盛期，荷马史诗争相传颂

## 十、第十个好合纪年是咚咚战鼓

公元498年多灾，川南盆地余震不断

齐明帝大杀宗室子孙不嫌手软

王仲雄弹奏蔡邕焦尾琴作《懊歌》献唱

歌词撞中明帝心事看来对号入座自古不绝

诗人坐连反罪不幸被杀唯才情不朽

引谢朓作《答王世子诗》名传千古

杀人之前必要焚香祷福流泪的齐明帝伴着菊花驾崩

次子萧宝卷继位大赦天下，改元永元

没给宗室带来好运，离他身死族灭尚隔三年

辅政大臣依次被害，百姓轻如草芥

一个皇帝被歌伎潘玉儿驱使奴役乐此不疲

国家漂泊腥风血雨民不聊生

在北方虎年给北魏带来赫赫威武

孝文帝志存千里抱病率军大举南伐

奔袭宛城被阻一代明君论道城下

齐将房伯玉率众坚守拒降克尽职守

使报恩理义闪现一丝人性光辉

月有圆缺形势所迫不能以降论德

取城不杀降将的孝文帝再现高远格局

因齐明帝死去停止讨伐率兵还朝

尽显仁义之道，从邺城返回新都洛阳

路过李冲坟墓皇帝哭泣贤臣难得

这个史上民族和解最具绩效的鲜卑天子

可惜天不假年不尽壮志落尘泥

"六镇起义"很快撕裂和局北魏转眼由盛转衰

牡丹花年复一年静静落满帝都古道

不知道是否有相同的花朵来到人世

## 十一、第十一个好合纪年是开心浆果

神在高处吉言，苍鹰盘旋低空

人善被欺国弱遭侵，古理不可违

成汉皇帝李势骄奢淫逸国势日危

公元346年被安西将军桓温趁机伐灭

蜀地一年归晋，应了自作孽不可活符咒

这一年鸠摩罗什译出《维摩诘所说经》

佛国净土普度众生是成就佛道的完境

这一年丹术家葛洪辞世，百姓哀痛损失巨大

朱明洞悠深，道长敢于疑古学问自成一体

晒经石还在，大著《抱朴子》名传一世

勤炼爱民药丹使众多百姓起死回生

先生主张"爱之于微，必成之于著"

制药修身首开儒道合一思想体系先河

每年正月初十仙翁生日各地香客云集

人世间太缺乏悬壶济世的仙人，公心可敬

这一年东晋宰辅何充病卒，后人评价信任不得其人

可见好人做官不一定远见卓识，沙门骤失巨型香客

呜呼痛哉，英姿善文骠骑大将军

前凉后赵混战急，尸骨堆山狼狗一饱口福

这一年后赵武帝建立私论朝政法允许奴告主

朝局趋于平静，皇室开始骨肉相残

为冉魏大帝冉闵灭胡兴汉叱咤风云铺平道路

历史迷人，东晋尚书谢衷冬月安然仙逝未显异常

这一年其子东山散人谢安放浪山水屡辞官位

离斯人克敌百万的淝水之战尚剩37年

枫叶红透山色，棋局里笑谈浮云没想建功魏阙

日子比蛋糕好吃，生命没有凶险

## 十二、第十二个好合纪年是铜镜血光

公元194年杀伐不断年份不凡

忠臣种邵壮志难酬战死长平观下，历史太不中用

他联络的西凉强人马腾韩遂败回老巢

兵败居然双双受封将军，献帝时代匪夷所思

四月杏花盛开，曹操大军再攻徐州

所过之处屠戮殆尽，旧城废址不能居人

汉末一雄陶谦日暮途穷死前三让州牧

儿时必成大器故事引为笑谈，先主刘备首据要地

这一年蝗灾大起，似乎上天勒令罢兵

关中大旱谷价腾贵，兴平元年并不太平

献帝御座前量米熬粥饥民得保，昏君不显昏傻

这一年雍州新平郡初置，朝廷试图加强控辖

将军郭汜樊稠击败反叛冯翊羌人，多事之秋

孙策替父亲老上司袁术攻下庐江未得封赏

主动求击丹杨自立门户，开启平定江东事业

世事艰难把住天机者使历史更为厚重

猛将吕布被陈宫张邈拥为兖州牧迎战曹操

双方会战濮阳，苦战百日不下

曹操初战被诈冒火单骑脱险再战不退

乱世英雄多难，只有初心如常

这一年文事鼎盛，蜀汉忠烈文臣张嶷出世

大汉学者应劭撰成《风俗通义》解俗嫌疑

外国沙门康孟祥在洛阳译出《四谛经》

正订《六经》的马日磾病死寿春，晚节不保

丹阳人笮融兴建浮屠寺，堂阁深广金像锦衣

浴佛节斋饭布施路人万民观礼，乱世眼花缭乱

时间叫人不知东西花团锦簇

## 十三、第十三个好合纪年是鼙鼓战号

公元42年是马援年，汉军战无不胜

雾障漫天毒虫缠绕三军壮志不蚀

伏波将军浪泊大破反军，降者艾蒿一样扑倒

禁溪一带数败叛将征侧，敌众四散奔逃

半生威镇边陲，逆者虮虱无依

距一代良将马革裹尸还有七年，江山多娇

木棉花红尽显老当益壮大器晚成风采

疆界立柱处已被历史瓦石埋没难寻踪迹

伏波庙有幸挺过狂热年代雕梁俱全

老人说连波海浪畏马援，响雷不灭虎狼威

穿过历史云烟将军就是一本书百读不厌

微末年代不忘穷当益坚，至今亢奋万千百姓

书院深处回荡他画虎不成反类犬的殷殷劝诚声

《古文观止》留范文润泽绵长

他的《武溪深》歌仍随短笛悠扬

百战将士不觉累，经略边地苦作甜

草葬不掩珠辉，山林常笑苡明珠千古憾

《铜马相法》成为名马伯乐佳话千年无人超越


这一年云台名相李通辞世，帝后亲临吊唁

史书常颂起事首倡大谋，牺牲敢叫天地换

钦封代王卢芳叛逃匈奴扰边，汉奸也有传统

云台名将吴汉蜀郡平定史歆反叛，沿江恐散余众

徙其党羽安家沙市长沙，赦免从犯布恩仁阔

刘秀颁诏蠲除边郡盗谷处死法堵住妄杀之路

世纪之初汉律闪现爱民光泽，菊花流芳

这一年光武帝罢撤州牧首置刺史

罗马国王克劳狄开始在奥斯提亚新建港湾

占领世界名城休达，基督教开始传入埃及

首露王诞生金海市，传为金日磾后人已不可考

史书余香胜过兰花回味无穷

## 十四、第十四个好合纪年是谶符星宿

公元前110年汉武帝立石岱顶封禅泰山

迎春花丁香花开旺四月，东巡海上

于瀛博共界割置一县赐名奉高

开始奉祀泰山张扬天命所在

免除巡行四县一年算赋，唤起更多民众敬意

似乎命运天定凡人不可挑战天威

这一年改元元封，得到汾河宝鼎

已有六年，是史上首次诏书记载年号

这是汉武帝的第六个年号没带来多少吉祥

皇帝亲率大军北巡，遣使谕告匈奴单于臣服

遒劲的大风中没有一声回应

南方朱买臣收复闽越国奉旨移民江淮

这个狠角故事等身覆水难收辱死前妻不该

卖薪读书名传《三字经》可惜不能善终

这一年天文学家落下闳始创浑天之法

拉开宇宙结构千年浑盖之争

他创制"太初历" 完整规范历日制度

首次确立孟春正月朔日为岁首

天文精度二十四节气领先西方沿用两千多年


这一年道家开启九华山福地

桑羊弘革新如歌大地百花灿烂

汉武帝立碑黄帝陵祈神求福五谷丰顺
筑"汉武仙台"彰显神威，桥山古柏参天
沮河由西向东环绕，秋风夜月菊花香
这一年司马谈病卒，史记巨篇留给儿子实现
泰山封禅匆匆赶回的司马迁仓促受命
而立之年游历天下广搜遗闻开始派上用场
这一年传说汉武帝会见王母娘娘，戏路迷离
民间敬献药枕四年后老皇帝耳聪目明
世间事强者运筹，百战路上不遂心愿少
平阳歌舞夜送桃花又一年

## 十五、第十五个好合纪年是战神欢歌

公元前262年让历史脊背透凉，在年历中
像个大腕儿到场让其他年份小弟不知所措
都归功于一场震古烁今改变历史的旷古大战
这台牵动战国群雄的巨大战争绞肉机
使百万大军大半伤亡，其中活活坑杀四十五万降卒
国力损失不可估量，自此强秦再无对手
勉强能掰手腕的赵国被打残，再无翻身之力
秦将白起一战跃为战国四大名将之首
一生攻城七十座歼敌百万战绩举世无双
这便是史书上最残忍的长平之战
至今让历史惊心，也有五个大国视而不见

不太明白唇亡齿寒之理，或畏怯强暴噤若寒蝉
即便下午赴死，仍要尽兴苟安上午
抗争险事都希望留给别人去做
楚割州陵韩献上党魏臣服于秦，诸国争相献媚
成就秦昭王千秋霸业，名义上冯亭献上党于赵引发战事
实际是大秦统一六国伟业的先奏，大事临头当局者迷离
这场历时三年的战争核心部分仅有
五个月，晚春开幕初秋落幄
无数花开花谢人亡马失轻风梦呓
都后悔将非所人，赵国错用纸上大将赵括
赵孝成王急于求成弃闲老将廉颇
相当于放弃胜利此后不堪回首
被胜利冲昏头脑的秦昭襄王错用大将王陵
长平战后三年败于邯郸，使割让六城战果化为乌有
长平三十万秦军将士伤亡颗粒无收
合纵再次风行六国，但势力一失不返
四十年后史上第一个统一的王朝将覆盖一切
这一年杏花开满神殿之谷，白色沙滩朝向海洋
沿土耳其阶梯登上白石崖，一片纯白世界炫目刺眼
周边泛起神秘风团，地中海不再平静
罗马人攻占西西里重镇阿格里真托，获得陆战全胜
开始对付封锁西西里南部海岸的迦太基舰队
希腊人帮助罗马人建立一支桨式战船舰队
首次使用一种乌鸦吊新型装置

逐步占有海战优势，罗马士兵据此登船白刃杀敌
翻开了奴隶制国家迦太基的灭亡命运

这一年希腊数学家阿波罗尼奥斯出生
若干年后他的著作《圆锥曲线论》登上科学顶峰
将圆锥曲线的性质网罗殆尽，不留后人插足余地
这一年古希腊雕刻家菲迪亚斯的杰作宙斯神像再罹火难
秦国左丞相华阳君芈戎在逐贬封邑途中凄然去世

## 十六、第十六个好合纪年是云朵剧景

公元前414年气度不凡，古中山国神秘建都石家庄
这个仅次于战国七雄的"千乘之国"
历君五代疆域五百里城池百座
这一年平年风雅，阿里斯托芬创作了神剧《鸟》
时值雅典之战如火如荼进行，家园未能和平
别看漫长的祭祀场景，谁与彩虹女神战斗
传说普罗米修斯背信弃义，宏大场景孕育着不测征兆

一些传说证明修昔底德论断
雅典势力扩张引起斯巴达人巨大恐惧
雅典敌人斯巴达的同盟者科林斯催生战争
科林斯与雅典竞争商业，惧怕雅典向西商业扩张
如今有人认为不合历史事实

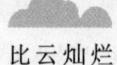
在西西里岛，阿尔基比阿德斯牵连捣毁赫尔墨斯神像案

被召回雅典候审，途中逃亡斯巴达

斯巴达按照他的意见派兵支援叙拉古

导致雅典远征军全军覆没，边境受到不断骚扰


这一年魏文侯启用乐羊伐占中山国

与任座共创仁德佳话，复国重显盛威

这一年悲剧大师欧里庇得斯辞世

其师阿那克萨戈拉首次提出月亮之光反射自太阳

内战时希腊将满口异端邪说的阿那克萨戈拉赶出国

欧里庇得斯在《阿尔刻提斯》剧中杜撰人物同情老师

通过诡辩术破解对神和神话世界的怀疑论题

这些哲学式的台词赋予了悲剧更多深刻含义

剧中诗意得到酣畅淋漓表达，山河比云朵灿烂


## 十七、第十七个好合纪年是佛珠神光

四月初八是佛诞节，会一直与人类同在

它代表了人世美好，这让我们想到源头

公元前566年佛祖尼泊尔人释迦牟尼出生

他舍弃王族生活出家，在尼连禅河畔的树林中独修苦行

三十五岁觉悟成道有了万人敬仰的佛诞源头

沉默可以了解宇宙人生的存在真相

一切众生皆具佛性皆可成佛，不分高低贵贱

不杀生的佛教没有引发任何战争，昭示人人平等
释迦牟尼对人类文明世界和平的贡献前无古人
可能也不会有来者，佛祖永远神明

这一年郑僖公被叔公公子骃弑杀，在位仅5年
因此这一月应属闰月，不应与佛祖诞生同年
历史说先下手为强的公子骃缺乏道义
大兵压境时先盟晋国后盟楚国，全无原则
最后死于贵族群起绞杀，时间公平
这一年季友后代筑城费地，成为鲁国强邑
晋国韩献子十月举着菊花告老退休
这一年晋悼公用智罃为执政，实现复霸中原梦想
在埃及诺克拉提斯的米利商业殖民地中发现一个柱头
上面有螺旋形涡卷和馒形线脚，赞为艺术顶峰

# 十八、第十八个好合纪年是镜中花影

公元前718年，郑庄公开始图霸之路
荥阳还是荥阳，北制没有虎牢关闻名
侥幸进入史册，不因地形险峻
是春秋时期一场战争，郑庄公一改正规战术
由正面对阵改为迂回进攻，首次改写兵法
在此破燕攻卫，如愿偿报东门之役败仇
郕国趁乱入侵反遭卫国攻击，史家嘲为偷鸡之举

太子忽此役声名显赫，距其辞婚齐僖公
还有十二年，清醒无私奠定了战神地位
五年后拱卫都城再创奇迹，可惜继位国君死于谋杀
公子突此役渐露头角，这位后来的郑厉公
任上勤王拥护周惠王复位，获赐虎牢以东土地
郑国得以复兴，历史一出场便给英雄注脚了不同凡响

这一年曲沃庄伯得到周室支持联合郑邢二国伐晋
晋侯郤放弃国都逃亡，晋国内乱开幕
六十七年后小宗取代大宗，礼制公然遭废
战乱像瘟疫潜入肌肤，天下失控不可避免
这一年秦靖公未继君位被追加谥号
第一次开启亡人追谥陋习，世界诡秘莫测

## 十九、第十九个好合纪年是图纹浪花

公元前870年，秦人获封苍苍秦邑
没有爵位，在犬戎夹缝中虫样求生
养马人筚路蓝缕开始了立国创业之路
一代代留下的是开拓精神，磨砺出骁勇善战
从哪里来向何处去没有定数没有神助
沿渭水节节而下，前后十一次迁都东进
滔滔渭水流过蕫荼如饴的雍州，模糊多少秦人身影
掩去多少刀光剑影汇入雄壮的黄河

从部落到帝国之路走了五百年

以一敌众鲸吞天下，秦人威猛血脉流红大地

这一年南犹大王国君主亚撒病逝

他用兵有方大治乱国称奇

多次战胜企图瓜分王国的敌人

除掉异神崇拜束缚，清除偶像神龛神庙

从大乱到大治从无为到有为，史家评为明君

这一年南犹大王国新君主约沙法继位

他差遣大臣拿着耶和华律书周游各地教化百姓

周围列国畏惧耶和华神威，约沙法不战而胜

揭开和平序幕，一切存在比梦完美

这一年西周物产丰饶青铜时代花样繁盛

羽毛鸟图案逐渐取代了饕餮纹图案，耦耕盛行

那些神秘花纹隐含了王朝衰落中的和平愿望

## 尾声：来路无边

皓月当空，银辉无边

如果你有幸来到美好人间

应该明灯一样为人类做出重大贡献

如果你努力后不能做到这点

那么不要气馁，你应该努力做一个孝子

而这并不艰难，人生总是那么短暂

因为你曾经作为人，支撑这个世界

纵看时光隧道人潮如涌
赶路人前赴后继方兴未艾
山一样的包袱不在话下
雾一样的愁闷不为所动
掉下人的地方会站起更多儿女
人们以代为茬奋勇前行
家族是最长的链条
民族是最亲的血脉
国家是最好的旗帜

时光隧道无穷幽深，兴替无常
邪恶不可避免，战争此起彼伏
只是和平琴弦上小小的不和谐音符
世间回旋着正义的凯歌，露水晶莹
公平是上天赐予的最好财富，山花灿烂

2018.2.12初稿于白羊畈村德艺聚陋居

6.26改于广州大道北99号寄绘坊

第五辑

名家解读

# 圉限空间与多维意境

## ——简论周承强诗歌的艺术特征

王永盛

这里所说的空间，有诗人工作、生活的地理和物理空间，也有他已形成的思想观念甚至包括审美取向、价值观在内的心灵和心理空间。军旅诗人周承强写诗一写30年，至今工作生活基本都在部队，源于这样的特殊经历，与行伍相关的素材特别是戍边军人的情感生活，不可避免地成为他诗歌创作的主要题材，在部队练就的品格也成为他最基础的底色。二者对他诗歌创作的影响来说，既有独特性，又有一定的局限性。

从周承强30年来创作的大多数诗歌看，其自我定位十分清晰，大类属于军旅诗歌，他所坚持的是其中一个分支——边关诗歌的创作。以组诗《我们总是把丛林当吴钩拍遍》为例，诗名就很霸气，辛弃疾只是"把吴钩看了，栏杆拍遍"，表明其壮志难酬。我们边关战士却把树当剑，剑鸣林中，期之以声，顿起万丈豪情。在这组诗歌里，有直接书写边关和边防的，如《秋风乍起的时候》，就使用了"界河"、"界碑"等有明确指代的字词；但多数诗歌则以"哨所"、"哨台"、"士兵"、"树林"、"山峰"、"峡谷"为具体意象，营造出的场景并不能让读者生发有效的关于边关与非边

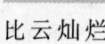

关的区别指令。

那么诗人又是如何做到让他的诗歌最后得到"边关"的身份特征的呢？诗中有可循序探知的边陲情感。依着诗人提供的诗歌形式与内在情感路径，我们首先发现周承强的诗歌画面感极强。

它们总是默默地跟随身后
一言不发又含情脉脉
你在雨天狠狠踢过它们
用满脚的黄泥擦得它们面目全非
一场雨后它们又兴致勃勃地挺起身来
——《那些低矮的小草》

小草在诗人的笔下活灵活现，又是"默默地跟随"，又是"含情脉脉"，画面生动可感。而隐喻在诗歌本体之下，体现战士特别是新兵接受考验和历练，进而茁壮成长起来的过程，与其内在意象是相关联的；同时也有了相对于寂寥、空旷的边关，战士们犹如籍籍无名的小草，在苍茫、无助中自发以"兴致勃勃"姿态，展现其在僻静、遥远天边的情感表达。这样的渺小感、远距离感，当人们被置于少人问津的边陲时，就会不可遏制地产生。

即使没有"边关"的明显字眼，诗人赋予其诗歌的情感，也可以让我们读出类似"青海长云暗雪山，孤城遥望玉门关"的边境地理位置，也可以让我们体会到"大漠孤烟直，长河落日圆"的边陲韵味。

描摹边关哨所、部队军营，更多的是写工作和生活其中的人——那些异于常人又有着常人情感的军人，英雄本色常在。诗歌刻画人性人情的真切朴实又复杂多变，思维的平静如水又曲折幽深，诗人能敏捷地捕捉到其中最细微的思绪流动，凸显其高致的诗才。

以常人眼光审视军人的朴素情感，是周承强诗歌表现的独到之处。没有刻意拔高，而是以平实的语调和冷静的复述，写出战士不平凡的平凡，特殊身份的平常人最本真的可感之处。

> 我在哨所越看越迷离
> 家信说大哥的疯病日益严重
> 老父抱病卧床又过一年
> 同班同学成了顶头上司
> 崖上铁树开了一朵黄花
> 而我在哨卡已成三朝元老
> ——《白燕一去不返》

诗人以现代诗近乎白描的叙事手法，将一个老兵自身以及家庭的现状和处境，客观地全盘道出——大哥和老父生病，同学成了顶头上司，"我"是老哨兵了，老得铁树都开出黄花……没有抒情，没有棱角和锋芒，没有质问的痛苦和激愤，可以说是不夹杂诗人的情绪，读者却一览无遗地读出"我"的"迷离"、"焦虑"和"无奈"。正因诗人有着相似的军营成长经历，才能够感同身受地表达出老兵的所思所

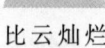

想，才能真切地说出老兵的心声。

喜怒哀乐是人的基本情绪。周承强很多诗歌写的就是戍边战士的真情实感——开心和愤怒、快乐与悲伤，在蓝天白云间、在树木山峰里，寄托、排遣、演绎着突如其来的或欣喜或忧郁或欢快或寂寥之情之境。周承强的此类边关诗歌，更加注重体验和感受的真实性，不刻意摈弃"小我"、"凡人"的思维和思想，让主体在一般风物、日常情景中入眼入耳、可感可怀。在和平年代，与战争、与军人相关的"残酷、苦难、激情和高亢"，被"日常、平淡、琐碎和委婉"所替代。当然，从这个角度，也可以看作诗人与其所处的世界并没有达成和解，是紧张的，不妥协的，是一个真正的诗人所应该具有的气质。而诗人在平静的生活中，将平凡的日常提升到诗的境界，除了需要热爱生活的心，还需要敏锐的感受力和高度的表现力，需要诗人不一般的目光、激情、视野和襟怀。

五年前，笔者和诗人在鲁迅文学院高研班一起进修时，就对他的诗人气质有了确凿定论——真诚中有些迟疑，果断中有些犹豫，勇敢中有些悲悯，爽朗中有些忧郁……诗人气质多于军人气质，他是一个真正的诗人！

回到周承强的诗歌中，诗人情感的细腻与感伤、刚毅与柔软，自然而然地形成其诗歌的多样化生态。他借用处于边关的天空、大地以及存在其中的日月山川、花草树木、鸟兽鱼虫、风雨阴晴，通过精巧构思，让意象有了独特的灵魂，其诗歌也有了边关特有的诗意美的底蕴。

但是我们不能忘了，诗人创作时选取这些意象，并不是随心所欲的就地取材。事实上，诗歌中树木与高度、飞鸟与天

空、镜子与光阴、深渊与快感等，两两词组在相悖的向度上组
成了对抗，产生矛盾涉及生存、体制、自由、精神等。正是有
了这样的矛盾对抗生发的张力，才让周承强的诗歌看似平白简
单，实则诗意浓厚，才让他的诗歌有了更强生命和更丰富的内
涵。

　　鸽子也分不清梦里梦外
　　落叶归根或飞黄腾达只是一种说法
　　坐在哨台上浮云不值一捞
　　那些沉淀的预示一种什么样的功成身退
　　飞扬的代表哪些值得赞许的锲尔不舍
　　望着层出不穷的叶片难分高下
　　形单影只也不敢掉以轻心
　　只对一种声音敏感浮想联翩
　　如果枪声响起你会发现我们格外高大威武
　　与我们同居多年的木棉树不可战胜
　　——《树叶旋起来》

　　诗句中截然对立又相互平行的词语、意象，让诗意丰盈
绽放。鸽子、梦、落叶、枪声、我们和木棉……转喻中透露
出诗人的心思，诸多情感、复杂意念在词义中展现。通过诗人
精心钩织和精密组装，让人们对未知命运的不确定性，有了更
为深刻的惶惑感和无助感。
　　布罗茨基说："诗歌作为人类语言的最高形式，它不仅
仅是传导人类体验之最简洁、最浓缩的方式；它还可以为任何

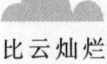
一种语言操作——尤其是纸上的语言操作——提供可能获得的最高标准。"周承强的诗歌现代感很强，诗歌语言和形式感有足够的张力是一个很大原因。"那些山峦秃耸梦海／一毛不长却青苔满身／峰上锦鸡一跃比云灿烂／偶尔垂落的碎石被风带远／平顶哨所滴水成珠，有人进出云层／着装比云彩更绿比流水更鲜"（《那些记忆不曾消失》）。这首诗歌里，前一句与后一句词义、意象上的内在勾连和外在跳跃性，语言的锋利、意象的张力、隐喻、转喻后带来的思想冲击，使得诗句更加富于动态、立体和多维质感。将强烈的宣泄欲望转化为谨慎的更有意味的语言来实现，可以看出诗人对语言的处理变得更加肆意、洒脱与精确。

由此，周承强的诗歌创作从囿限的空间突围，通过多维想象、有张力的语言和足够的形式感染，呈现事物、境遇的多种层次，让诗文变得更加丰富和精确。

再者，诗人在诗歌中注入了他对生活独有的感悟、哲思和理想。正如诗人自己所说的，"诗歌是我以艺术方式展示的一种生命形式，是对战争、死亡和生存环境的深切逼视和哲学思考，凝聚了关于生命价值的追索和对社会责任的拷问"。他的许多诗歌富有这样的思想和精神追求。

......

整个冬天我们在哨所看山望雪

在雨中写一些意思重复的信件

想起冬眠中的动物使人哑然失笑

我们在房间里面走来走去

与一片叶子的距离越来越远

像犀鸟的飞影不可追寻

那在青枝上打盹的静物

或许仅仅是一些

无法飞腾的梦想

……

——《犀鸟在青枝上打盹》

简单数句，融会自然，构设意境，深文隐蔚，余味曲包，表达出诗人内涵深厚、耐人寻味的思想：生活的平淡与冬眠中的动物无异；梦想的飞腾与实现，有时看起来像"犀鸟的飞影"，永远无法企及。这些都透露着诗人对生活本真的认知和对生活哲理化的思考，这类诗歌占周承强诗歌创作的比重很大，是他诗歌较有意义的追求。

当然，由于空间的囿限，周承强的诗歌在多向性、复杂性方面还有些欠缺。诗歌题材方面是这样的，在后现代写作中提倡的，诸如现代诗人的潜意识、第六感觉、莫名意绪、飘忽意念、瞬间印象、神秘体认及其快速的时空变幻等感觉与技法的表现和运用，也是同样相对缺少了些。

庆幸的是，周承强近期的诗歌创作，让我们看到了这些变化。他在《三爷告诉一些事》中写道："三爷小声告诉我保护好这片祖宗寝地／港边周家那些老屋要尽量维持原样／紧伴村庄的老树和祖辈同年值得敬仰／那些灵气四溢的石匾代表历史的厚重／每一块翘角飞檐都飞扬着先辈的功绩／那些村规俚俗集中了无数先人智慧／那些谚语传说承载了太多神秘和

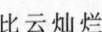
传奇"，他的笔触从军营荡开来，伸向了故乡，目光从军人身上移开，转向了爷爷和父亲这样的故乡人。《红花草飞起来》、《公鸡打鸣少了》，都一改之前熟悉的场景、人物和主体，开始从田野里、村子里汲取养分。诗人的乡愁思绪渐浓，情感更加多元。既有对故乡风物人情的追忆和怀旧，对时间的恐惧和敬畏，更多的是表现隐隐在心间的莫名忧愁悄然撒落，瞬息间微妙、奥秘的感受重又涌上心头的复杂心情。

可以说，诗人对故乡充满了感觉，或许是年岁渐长缘故。当人们背井离乡奔赴他地时，故乡似被生生剪断脐带的胎盘，埋葬在其童年的记忆里，同时也就无可救药地盘踞在每个人的脑海。遇有漂泊的苦楚，失意的彷徨，乡愁作为人类最古老最朴素的情感，就会无所顾忌地在心田疯长。这灵魂深处蛰伏着的浓浓故乡情结，历春去冬来，寒来暑往，不慎触动，便会从心窝最柔软处洇漫开来，而后发酵膨胀，愈长愈大，最后自是一发不可收拾，或是抚今怀旧，因逝者如水无以返而独自神伤；或是感慨惆怅见物异人非，不禁潸然泪下。乡愁无疑是文学重要的母题，古时就有"举头望明月，低头思故乡"和"露从今夜白，月是故乡明"吟月寄愁的李杜诗篇。

周承强对故乡、对乡愁的表达，是从回忆开始的。"想起从前人声鼎沸的田野身卧老屋一宿无眠 / 入夜有歌不同孩时，有香不似昔日花香 / 儿童的哭声稀疏不似往日壮阔起伏 / 早上有公鸡打鸣似曾熟悉 / 望着锐减的人丁田亩我点数不清飞鸽——《三爷告诉一些事》"。彷徨、失落、忧愁，如今的故乡不似昔日花香灿烂、亲切温馨，枯萎、冷清、衰败，如今的故乡人丁稀疏、哭声羸弱。尽管如此，诗人对故乡仍难以忘怀，故乡的人事景物常常入梦来。

> 从梦里飞到梦外，从儿时飞到中年
> 走进白羊畈村故人对你欢笑
> 很多久未相见的面孔一闪而过
> 据说有饿死的幺爷混身其中
> 还有浑不顾身砸锅炼铁的三伯不弃不舍
> 喜鹊盘旋田野，与柳梢上同类对歌
> 水牛哞哞地牵引犁耙，泥坨翻身歌唱
> ——《红花草飞起来》

　　除了对故乡、对往昔的回忆，以及由此产生的感时伤怀外，诗人似乎开始关注起死亡来了。沉重的情景和阴郁的心情，人们艰难地存活以及无声呼喊，诗人仿佛重又回到无比熟悉的儿时世界，苦难里有欢乐，压抑中有生机。"满山坟茔像一群出窝兔子扑腾／它们戴着五颜六色的花帽使心温暖"、"人生啊秒杀一样短暂／只适合与光明灯盏同在"、"很多久未相见的面孔一闪而过／据说有饿死的幺爷混身其中／还有浑不顾身砸锅炼铁的三伯不弃不舍"……似真似幻，虚实莫辨，展现出诗歌的宽广深厚来，也流淌出民间生活的丰富性——朴野有致抑或繁盛至极，不过天地间平淡一景吧！只因诗人有特殊的感知，才有了身处其中的忧伤、惊悸和怅然。

　　诗人新近创作的另一首诗歌《清明看父母》，语言更加日常化甚至口语化，娓娓道来仿佛跟亲友拉家常说往昔，用琐碎和生活细节，把父母和"我"的身前交集以及身后事连接了

起来，蕴含其中的词义通俗易懂、清澈见底。不做作、不晦涩，大有返璞归真之势，读起来又特别有生活感和怆伤感，特别富有穿透人心的力量。

一年未见，你们居地又有变化
清明草开满花朵，比去年笑得更欢
金樱子、杂毛草和刺藤拱起老高
一镰刷去，虚空一大截
像你们生前瘦骨嶙峋的腰身
坟包下沉许多，形状不太规则
什么东西使你们还像从前一样不堪重负
据说空气多了一些颗粒，水中含铅
这些你们是否还和从前一样无法拒绝
有些事物不用担心，比如畅销的转基因蔬菜
你们生前舍不得购买，以挑粪自种为乐
比起去年周围环境更寂静了，鸟鸣少了
杉树缺乏修剪，碎草封路青藤复活
村庄的孩子少了许多，没有以往吵闹
你们不喜的生育政策有些松动，可儿媳老了
而我有些驼背，很多事情承受不住
这世界太喧嚣，日子防不胜防
你们衣服还像儿时一样宽大就好
我想钻进里面哭一阵，让心灵安静一会
——《清明看父母》

在找寻心灵的原乡，周承强似乎有了一颗不执不顾，不躁不厉，阅尽万象后的平和心，展示出其超高的以实写虚的能力，也让周承强诗歌创作更具多样化形式和内容的丰富生态。

显然，执着于诗歌写作的周承强，一直在调整创作思路和创作格局。在其独特的个人经验、意识和情感之上，开始对莽莽苍苍的世界，进行有序的梳理、切割和划分。突破空间囿限，把历史观和当下情怀结合，让诗性的幻想和生存的真实性有机统一，多维呈现其越来越清晰明朗的诗歌艺术特征。

## 作者简介

王永盛，现为厦门市委宣传部文艺创作中心主任，中国作家协会会员，中国文艺评论家协会会员，鲁迅文学院第20届中青年作家高级研讨班学员。作品散见《中国现代文学研究丛刊》《作品与争鸣》《文艺报》《中华读书报》等报刊，著有文学评论集《符号与思想》。曾获第九届全国核心期刊论文奖、第四届厦门文学艺术奖和首届华东地区优秀期刊编辑称号等。

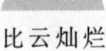
# 您不只是诗歌的行者
## ——周承强诗歌印象记

### 冷 巉

承强，当我开始想说这段话的时候，才发现我自己是多么的无力与无知。

我因为2017年癌症复发并新的癌症并发症，一直在医院救治，真不知道我有多久没有再在诗行里畅游；多久没有在文字里，随梦而歌；多久没有身处"网"中，获悉你早已来过的消息；多久没有《与春天同行》（周承强诗集，光明日报出版社2016年8月版），看诗歌殿堂的守卫者在军营的这个大熔炉里提炼生活的高度，以及军营之外的那种诗人独特的艺术风格。

其实你不只是诗歌的行者，更是给了我一次自然的诗歌之旅以及重新认识你的过程和机会。原以为我可能就这样在医院流失人间，没想到你无意间给了我一次争取活下去的信心与动力！谨此我将以这种动力来推动活着的信念并与你继续艺术聊天！让我以一颗感恩之心来感谢这个意外吧！

一

承强，当我读到你的诗歌《那些小路不为人知》时一下将我的心，揪的生疼生疼。但今天我想换一种方式来读这首诗歌，不知你意下如何？

"应该说明的是：军旅诗只是周承强诗歌的一部分，他的诗歌视界已经扩大，题材也更广阔。但无论写什么，诗行中总是跳动着一颗战士的诗心。"（苗雨时：《哨所小路穿起一串神奇故事》）承强，与其说你在写诗不如说你在暗示我生死宿命的进程与生命的存在性，当生命的实践体验在你的笔下融入诗歌，那种哲理性的禅意诗赋恰到好处的将多彩的生命过程，以诗的形式展现给我。与其说是发现与思考，不如说是你给了我一种诗歌艺术间的情愫与生命对接的一种智慧创造与享受。

我不知道你是在怎样一种心境之下，写出的这首诗，如果说诗人有着缪斯赐予自我修炼的秘密武器，而此刻我想说，承强啊，你是在完善沉静的灵魂之旅，诗意并现实的人类生命之根本。

或许承强这首诗还想展示给大家的可能是一个想拓展读者的思路之旅，那我们又如何在诗人的文字间来探寻启迪心灵无限，诗心永存的真谛意义呢？你看"一头连着岗位一头连着家乡"，"多少壮怀激烈的念头"，"在茶余饭后一阵风似散去"？这里有多少问号与句号呢！百人可能就有百种不同的思维方式吧。

此刻冷巉唯有对这首诗及诗人表达我的感恩与同行于这首诗歌之列的那不被"遗忘的秘密"。因为诗歌不能去任意解构，更不能去曲意评论。诗之无限，当想象的翅膀超越诗意本身，我只能慢慢停下，伫立在"小路"的一边，并守住那已然

到来的沉重与感叹。或许读这首诗，多少会与我当下的现状关联，因为我随时可能面临死亡，随时面临完不成这段话的风险，或许正能量在负思维的因素无法超越时，我对诗人诗歌的解读可能也会存在一种曲解，还请各位方家谅解。

但"人啊，请尊重痛苦"。我不知已逝巴金先生曾经的痛苦是不是一种力量，或者一种美，但我相信我们每一个人"心中那些小路彼此相连"，虽然"统统模糊不清"，"甚至走得不留一丝痕迹"，因为"没有谁被允许长久留守"，"从那儿默默上岗，也从那儿悄悄退役"，当生命激情在那些不为人知的"小路"上穿越风云四季，在自然的天地间演绎出生命的"一秋一绿"，那现实间的烙印，将与人世间的长河共同挥写一曲天籁的传说，同时，我也将与诗人一起溶进这条神奇小路，读《那些小路不为人知》，"却时常串起一些回忆"的壮怀激烈情怀。而此刻我只想重读这首诗：那些小路隐藏山脉深处／虫一样弯笼一样窄／一头连着岗位一头连着家乡／走在上面最多的人称为战士／偶然走过的慰问团不值一提／从那儿默默上岗，也从那儿／悄悄退役／不曾留下什么辉煌记忆／多少壮怀激烈的念头／潮水般涌来又露水一样消散／树叶倒是一秋一绿／像哨所的记忆呈现季节规律／没有谁被允许长久留守／少数多情的人成为模范／有些七七八八的故事都是传说／原生地远在五湖四海的家乡／不能给这边关打上多深烙印／在茶余饭后一阵风似散去／连同我们这些无肝无肺之人／走得不留一丝痕迹／这么多年了只有那些不为人知的小路／在梦里活灵活现／新兵害怕的火热营房锋利岩峰／以及尖锐的吼叫急促的喘息／统统模糊不清／没有哪个老兵说得明白／那些哨所小路却时常串起一些回忆／总会有些老兵为此罚酒伤神／这么多年了懒得联系／只剩心中那些小路彼此相连／仿佛要唤起什么遗忘的秘密（《那些小路不为人知》）

承强，请原谅我此刻的忧伤，因为整首诗歌您都将现实与生命相连，将哲性思维与心中那份不为人知的忧伤借诗意的抵达来展开，透过"铁打的营盘，流水的兵"的精神、理念、灵魂来追随并礼遇生命的弥足珍贵与我们无法改变的命运，从而在现实的架构中，以本源立于"小路"，并赋予思绪。

而我唯有膜拜，祈祷！

## 二

承强，其实我没有资格在这里述说，只是翻着你的诗集《与春天同行》后想与你说说话。艾青说过：诗是文学顶峰的奇葩，文学是最高抒情的样式。是的，我相信读了你的诗歌，有如某个诗人所说，会很快陷入你所构筑的情感迷宫。您看：

年年今夜月光比水草缠绵／仰望成为一种习惯／月亮全是怔怔老样／嫦娥的招手没有一丝新意／年年都是那种挥扬小纱巾的姿势／／好像对着哨所的我们／好像对着老家的爱妻／挥送一股坚强和鼓励的气势／似乎还喃喃诉说／／有人伤心就在梦里骑骑毛驴吧／嗅一嗅菩提树的馨香／一年的希望就会和着月光／洋洋洒洒铺开来／每一束都能打响老家的门扉（《中秋夜》）

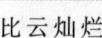

我能想象当你将思乡之情溶于家国情怀，那作品的厚度与精度已在诗中。

李福登说：作为一名军人，周承强的爱心是坚定执着的，为了保家卫国矢志不移。

同时，作为一位军旅诗人，你的诗心却又是柔软细腻的，无论是在记忆中，还是在当前状态，故乡与边陲，战友与边民等都点滴牵动着你的神经，引导着灵感。

栀子花的浓香撼不动岩石的沉重／昨天班长背靠巨石霜重的面庞／神情复杂每一只飞过的鸟儿都叫声哀婉／似乎要与峭壁比试无边的沉重／又仿佛要在山野间别树一帜／让忧伤汇入无尽的天籁／班长如此长久地与石峰合为一体／一定是要给思绪的飞翔腾出／足够的空间这些比鸟儿还飞得遥远的／精灵它们究竟飞越了多少河流山脉／凝结了多少亲人的泪水和呻吟／饱含了多少世间的痛苦和忧愁／岩石与山丘不解其故一筹莫展／而我们趟过了多少瓦砾和弯路／经受了多少无奈与惆怅呢／这也成了无法破译的谜团与苍鹰无关啊／泉水深处的呜咽是不能排遣的记忆／苦丁茶的汁味漫溇丛林山峦／短信中那些上访的群体在警察面前／不能自圆其说律师疲于奔命／在远方游行的队伍没有提前申报／曾经生死与共的战友卧床不起／常年唠叨一些似冤非冤的絮语怨言／据说岩石的沉重微不足道／据说鸟群的歌唱虚情假意／我们在薄暮中一路高歌奔向山巅／云层的聚散无碍大局老鹰折翅盘旋／低处的幻影不可捉摸／都说那是命运在顾自啜泣／似乎与我们无关又无法舍弃（《命运在低处啜泣》）

所有令你心生感动的都成了你抒写情感的对象，诗人总是为身边的人和事所感所思，不放过任何一个闪光点，从平淡中也能撷取精华，犹如沙里淘金，功夫全在诗外，又合乎情理，这实际上是强化作品的人民性，只有坚持以人民为中心的作品，才会焕发长久的艺术生命力。您看：

孑立哨所一隅影只身单／没有青松挺拔没有杨柳婀娜／五短身躯衬托出的是敦实和忠厚／坚硬材质表现出的是坚强和不屈／棱角分明地固守着自己的一方天地／尽管每一片叶子都宝剑一样锋利／却周身难掩蓬乱和低矮的外形／不受欢迎也没人搭理／被挤到山坡的死角搭配一片树空／几乎就要掉下悬崖／又仿佛在为哨所充当护栏／在柚子熟透的季节黯然神伤／年复一年吸收无尽的阳光和雨露／却不能在石榴果红的日子结出硕果／也开不出美人蕉一样红艳的花朵／至于千年花开的传统成了一纸谎言／往事如烟飘过哨台山峦／落榜的哨兵遥望一挂残月／说月宫里的桂树夜夜花开满枝／而哨所的铁树年年独摇空干／落寞少成一如守山的老兵／没有如花笑容也无累累果篮／沉默寡言一如崖边灌木／与花无关却年年敞着开花的胸怀（《一棵与花无关的铁树》）。在诗中，人民不是缥缈的，而是可感可亲的鲜活生命，或许卑微的普通人，他们的呼吸与命运，与文脉诗心息息相关。

## 三

承强，当你2007年加入中国作家协会时我才写下了生平的第一首诗，当时文学对我还是很陌生的动词，我从没想过有一天我也会走进这神圣的文学殿堂，但你的优雅，温厚，真实

以及军人的特质，让我们早在2006年前就相遇在《自由诗篇》主编陈光先生所组织的活动中，而在那之前我还不识"文学"二字。

我记得当时，你是广东省军区政治部的现役军官，同时也是《剑麻诗刊》等文学刊物的主编。陈光是某集团的策划总监（其实陈光具体身份，我一直到现在也不清楚）。但我一直很感激陈光，因为我首去广东，是住在陈光家。遗憾的是去年广东之行，未能去拜会你俩，一直觉得很对不起，有一种排解不去的伤感，空叹时光多逝。

好像没有结束／从来不曾开始／一堵墙拦在中间／翻了多年也未跨越／重逢时光依次错过／日历一页页翻痛心叶∥沿时间窗门梦散落一地……（《相遇是错》）还有那散落一地的是回忆。那时我觉得你俩好优秀，在单位能力又强，而我当时找个工作都很艰难。当我得知你俩会写诗歌更是让我羡慕不已，或许我真正开始诗歌之旅，并不自量力的以创办纯文学刊物《原野》及网站作为学习的平台，很大一部分是受你俩的影响。

在我的眼里，你们是真正的诗者：真正引导我从孤陋寡闻与视界短浅里走出来并引以为豪的朋友和老师。

人人萍水相逢／个个不告而别／在一张椅上共坐／不问候也不交流／各想各的心事／各去各的方向／也许下次再逢／也许今生不见／人生多数时候如此／可能同床异梦／可能同舟共济／默契产生力量／语言无关紧要（《地铁旅客》）请原谅我突然想起你这首诗歌，语言真的无关紧要？其实也很重要，"人生多数时候如此"，感恩之心伴随我无时无刻。当简单的邂逅与错过，生命只是沧海之一粟，然而却承载了太多的情非得已，如果能够重来，我还是想与你们珠江边漫步，听你们谈论文学；在悠扬的琴声中朗诵诗歌，那情那景却无关风月；我一直在想那时的纯洁无瑕与单纯的心，或许是一种友谊和坚持信仰的本质吧。此刻，真的好想念过去时光！

## 四

承强，作为一名军旅诗人，你是出色的，当你的情感与诗歌结缘，那军营的情怀便开始真切的显现；你那对诗歌探索与坚守的情结，我想已成就了你的精神寄托吧。我们同是湖北人，都诚实重情义，而赤壁与十堰也都是有着悠久历史和文化传统的城市，有如"老枝上一片逆风的枯叶／始终不肯坠落"。而那被诗歌打湿的何止是你一人的心房：一只鸟鸣叫着飞过哨所上空／在阳光灿烂时刻／那么忧伤那么哀婉／一只鸟的叫声坠满山谷／一地疯长的蘑菇五颜六色／／哨位上一眼望去／一块褐色飞石日夜撕扯云絮／忧伤一缕缕飘乱视线／我真切地感受到／叫声的尖锐和残忍／像故乡不停的秋千／撞得思念零零散散／／我时常凝望一只鸟／鸣叫着飞过哨所上空／晴朗的心绪一下子／被鸟叫的雨丝湿透（《一只鸟飞过哨所上空》)那曾经的连队指导员，《解放军报社》记者，以及当下你在军队所担任的主要职务，都成了你日常生活的背景与细节，当你的风采在军营的衬映下，显得是那么特别，那么多姿多彩。

我似乎又看到了你那刚毅的性格，博爱的胸襟，高尚的

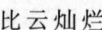

境界，无私的奉献；还有那让人难以忘记的"首届中国十佳军旅诗人奖"里出现了周承强的名字时，那个士人的形象突然让我觉得"空气比人还渺小"，我终于明白你的诗歌中，那些对人生朴素瞬间的诗意捕捉与灵活再现的自然情怀，更加深了我对生命真实存在的意义与价值的思考。看吧：那山道全是危险岔口／朵朵野花芬芳醉人／挑开周围的藤蔓／比挑开内心障碍艰难／／峭壁上一棵迎风松招展／枝干上蛇蝎缠绕／岩壁上利石摇摇欲坠／一大群人望而却步／上去或离开一念而已／也许离开泥土的瞬间／空气比人渺小（《空气比人渺小》）我深知这自然的代言，是吸引我走向诗歌以及更深地想探寻诗人内心的某种智慧互动，而当我继续下去时，我又深感力不从心。

但我相信，承强是一位纯粹的诗人。因为"周承强的诗歌具有一种坚实、朴茂的内在骨力与宁静、真实的生命温度，这使得他的诗歌在形象的语言、缜密的思维之后，隐藏着楚地文化特有的温厚与宽阔，而其作品中不时显现出的俏丽、活泼的自然情怀，更衬托出了一位从容优雅、物我两忘的士人形象"（中国十佳军旅诗人颁奖词）。

其实我认为读诗比解读更为重要。如果想要真正解读你这位毕业于南京政治学院高才生的军旅诗，真需要下一番功夫，并了解你的诗艺特色和戍边情结，以及军营之外那广阔的视界。诗人李福登说过："真正要深入内心去品读一位军旅诗人的作品，并能够准确到位地读懂诗人所表达的艺术架构，并不是一件容易的事情"。就因为不容易，外加本人基础所限，所以我读诗一直是以感受为主，谱以人性的高度，艺术的深度，或者说哲性的转换加上在这种学习过程中与正能量结缘从而得到一种另类的思考。说白了就是尽量不去评论或破坏、肢解诗人作品，而是顺着诗人的诗意发挥个人想象（当然一首诗就可能有好几种想象），有时也可能差强人意，最后变成了四不像。所以承强啊，我还是请求你允许我，按照自己的方式读诗吧。

　　至此，我还想请求承强的原谅，"春天里菜花飘香"，但那"不断传送的异乡消息"不知能否伴我走过春天？而路口却近似梦境：大世界没有大道路／走过的街巷都像死胡同／其实小道路就是大世界／每一次交叉／都是一次解脱／／有人把长道游成短路／有人把短路摔成长道／或长或短的是嘴壳儿／岔道口近似梦境／／总是寻觅转折路口／原地踏步一千回后才知／海市蜃楼也是里程碑／因此笑中有哭／哭中有笑／／其实那楼很高／其实那楼很低／而您苦蹲空中旋梯不知去向／／老枝上一片逆风的枯叶／始终不肯坠落（《路口近似梦境》）

　　"每一次交叉，都是一次解脱"，走错走对一念之间，当某种气息开始升华，我已开始心动，那纯美自然的心念，能否任我随着你与春天同行迎来柳暗花明的契机？！承强，"每个时代的文学都以自己的价值取向和审美意识陶冶人的灵魂，并且深刻地制约人们的文化心理，使文学创作体现鲜明的时代特征"。（《马忠：绿花开遍青铜时光》）所以我认为承强下面这首诗是真正体现出了鲜明的时代特点，从而达到了很高的诗艺水平与价值传承。一截木疙瘩被纹身镀金／从城市的印章专柜出发／颠簸散发劣质烟味的背篼／没有惯有的轿车送行鞭炮奏鸣／弯弯山道一圈圈烙痛心坎／它嘤嘤哭泣自己的惨遇／／想着那些跳进国家机关的"兄弟"／那些徜徉公司厂矿的

211

"姐妹" / 一枚公章在翻越最后一道山梁时 / 泪雨滂沱泣不成声 / 不敢想象即将面临的牛粪味时光 // 芦花公鸡啄醒的早晨 / 它极不情愿地醒来 / 一张结婚介绍信给沉闷的房间 / 带来一分钟喜意 / 它看见一张新版人民币 / 泛亮着印泥一样的光芒 // 一枚公章在乡村的大屋独自欢歌 / 威严的时光是如此繁忙 / 那些迁户口的那些外出打工的 / 那些满脸堆笑需要盖章的人 / 点数钞票的指法让它心醉 / 空手而来的人总是空手而去 // 一枚公章惊讶自己无所不能的权力 / 常年不敢轻易返城探亲访友 / (害怕惊动循规蹈矩的"兄弟姐妹")// 它是永远的新娘 / 村官们总是争着与它相守长伴 / 在轮流坐庄的日子里 / 一些房子和公章的表情一样 / 一天天高阔起来(《公章奇遇》)

　　或许诗人的空间也是诗人的主观吧,当某种内在的东西成为诗人自由创造的条件时,那种诗歌存在的基本形式,便反射出了时代的特征。有评论家指出:作为军旅诗,务必要加深民族的忧患意识,使命意识,血性意识。当我撞见《公章奇遇》,仿佛一下子穿透了《与春天同行》的艺术世界进入到真实空间,理解并探讨,我的心好像也跟着承强紧缩起来,不知何时才会有真正的觉醒与改变……

## 五

　　承强,翻着你的诗集,我的感觉有点像杨维松的意思:缓中隐奇的歌吟慢拍。当我循着你的诗歌足迹,又有着一种身临其境敛容屏气的感觉,你看:在樟树的绵绵清香中 / 我们闻到了八月的芬芳 / 八月的第一天让人壮怀激烈 / 一个肃穆的源头从历史深处走来／一首军歌从此浩然澎湃长江黄河／／每年今天都与这佳节重叠／仿佛置身当年神圣时分／理想光彩从日子顶部倾泻下来／到处是新世界的门槛／九十年了史诗一样历久弥新／／霞光从小到大洋洋洒洒／从八月的第一天射出来／从英雄的红领巾上飘下来／桂花树抽出第一朵花苞／红号角在凌晨吹出第一缕曙光／八月的序曲在枪炮奏鸣中揭幕／秋天的闸门由此启开斑斓图景／五角星由此出落得方方正正／这些阳光的花朵开遍大地／因为这光荣的日子／勇士的呐喊嘹亮激越／因为这神圣的一天／一支人民之师诞生人民中间／历史如释重负地从此转轨／八一军旗高高地从此上升／插秧的人们望着太阳／看到苹果越跳越红（《八月的霞光》节选）当泪溢满眼窝，我才突然反应过来八月的第一天不就是八·一建军节吗！这才发现从肿瘤科出来以后，反应迟钝加上记忆力减退的问题愈来愈明显。

而承强你的诗歌《八月的霞光》真的是达到了完美语感与独特意境的精彩契合：因为八月，塑造着巍峨，"她是七月燎原火种的爆发，鲜红的军旗被信念点燃成不灭的火焰"。那一列列绿色方阵，那一根根挺直的脊梁，耸成一座座大山，融进民族挺拔的森林，为八月塑造出一道壮美的风景线。看：八一的枪声在岁月深处振聋发聩／这是中华民族的宣言书／共和国的奠基礼炮／每一阵枪声都是一道闪电／赫然划破黑暗的夜空／深情唤醒沉睡的山河／／南昌在一个晚上家喻户晓／世界为之震惊喝彩／南方的火光映红了北国脸膛／一个巨人在东方开始苏醒／周恩来的手掌愤然拍破／一个斑驳的旧世界／四分之一人类为之欢呼雀跃／泥泞中走出的祖国／迎来一缕缕秋

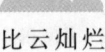

天的曙色／霞光珍珠一样流淌山脉原野（《八月的霞光》节选）承强，吸引我的这道风景线从你的这首《八月的霞光》开始，不由得让我想起第一次走进军队，便开始的军营生活，且让我还目睹了一幕很伤感的真实话剧：前一分钟还在站岗的班长，后一分钟下岗便卸下领章帽徽，行李似乎早就准备好，由勤务兵提到送别班长的吉普车前，站立一旁的战士都在掉泪。我分明看到，那个战士手里还捧着从班长衣服上摘下的领章帽徽正发出耀眼的光芒……那时没有手机，又因为现场气氛很特殊，便偷偷看了一眼身边人手上戴的表，时间是中午十二点多。我很想去问下为什么刚下岗就被摘去代表军人的东西，还想去问一下：中午了，班长不能吃完饭再送他走吗？更想去问下班长，你走他们为什么都哭？只是根本没有机会，外加我是随着一个特殊的群体来报到，而且年龄偏小。只是"每年今天都与这佳节重叠／仿佛置身当年神圣时分"，这种充满诗艺的想象与艺术的张力结合，堪称最完美的技巧，但又不完全是技巧，而是在时光深处诗人的一种爱的坚守与思考。

　　承强，当我读了你的诗歌后，我才明白"使命带着我们振翅高翔，云彩是最好的雕像，大地是最美的家园"，而那远去的身影？显然是长久印刻在如诗如画的历史中，唤起更多正能量和生命光彩。闯过漩涡决决洪水／梅花于冷气流中爆蕾／斑斑血痕星火一样红遍天垂／荒原烽烟滚滚绷带迎风招展／发轫的足迹狼奔豕突／黑暗中骷髅贴面狂舞／谁用热血洗濯马鞍长剑／紧紧咬住梦中的信号旗／訇然扑倒早晨耸如路标／挣出水面的黑暗比波涛崇高／江河泊满泅渡者的血液／沙浪漫漫骑

214

者的残臂挥断云翳／煦风来不及吹抚雨后晴空／黎明的鲜血染红一切寝色／为着光辉的一刻／千百个身影淌水向东（《远去的身影》）"八·一"啊，"说一声任重道远／打一下手势／那气概那情致丝毫不减当年"，可否试问班长的身影是否与这千百个光辉身影复合？！人海茫茫，我曾经试着去寻找未果的这位至今让我魂牵梦绕的班长，你过得可好……

转过身来，承强，你那"突出生命现场感，写出心中疼痛"的作品好似一幅悲壮且无形的画面从眼前展开，一切突然间静了下来……多少个梦想／都在八月的路口等待团聚／／多少份喜报／都在八月的季节慰藉先烈／……五彩缤纷的阳光和花朵／铺满八月的来路（《八月的霞光》节选）我亲爱的"八·一"佳节，你能想象我思念的这位班长今生只有这一面之缘，便无来由的将"每一丝笑容都带着八月的情韵"，这"只是历史的一个车轮"在八月一样的日子里，每时每刻都连接着我的真诚，幼稚与成熟，连接着和平与永恒。

# 六

承强，待我准备结束这段话时，突然看到你发来的一组诗歌，当我认真与诗中每一个文字对话，它们却告诉我曾经《在深秋错过相遇一片枫叶》，还有人生的那些不为人知的"小路"。我相信你说的："因为痛快的倾诉和诗意的顿悟，让灵魂得到片刻安宁，使所思所行抵达渴望的精神高度。"

承强，我可能永远无法达到你所说的这种精神高度，但

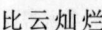

你的诗却让我越读越有感觉，越嚼越有味道。虽然我不能真正的解读并道出你诗歌的本意，但你的诗却让我这颗跳动的心随着你的真挚与纯朴在这喧嚣杂乱的尘世看到了一位超凡脱俗且血性与执着的你。此刻，我还是无法保持内心的平静，因为："那片山峦随云淡远／逐渐退出生活话题／在城市的喧嚣中无声无息／情感野马不再奔向那儿／鹰曾停歇的地方无法确认／偶然泛起的一丝记忆碎片／也模糊松散不成条块／那些山尖成了抽象画线／那些哨所成了洞中幻影／那些战友面目不清杳无音信／那些戍边故事土得掉渣无人问津／那些山路隔膜不再牵肠挂肚／那些年代确已久远／战友的探访让人不知所措／怀疑自己是否真正当过战士／到底与哪片山峦同甘共苦／头上哪片彩云似曾相识（《谈起那片山峦》）"。当我一遍遍读着这首《谈起那片山峦》，我的珠泪都会成片的下落，真的怀疑《低不过溪流》《高不过尘埃》的，都说那是"命运在顾自啜泣，似乎与我们无关又无法舍弃"。

《命运在低处啜泣》，承强啊，这激荡情怀的句子引导着我，我也只能借着丛林呼唤，呼唤你这荡人心魄的诗篇！"源自高空树巅的天籁绵延不绝／有时大如洪钟有时细如抽丝／没有固定音源也不曾停歇片刻／时而清脆刺耳时而混合低鸣／叶子在薄雾中纷纷扬扬／暮色里失意的人顿身而起／他把枯枝舞成一柄长剑／在空谷深涧涂画珊瑚花／粉尘撒落一地条虫由软变硬／苍鹰的鸣叫日见雄浑／它扇动的彩云灵活亮丽／在路人的心坎旋开莲花彩带／有山峦的外形泉水的内音／有岩石的坚硬果汁的甜润／在有形的山野幻化无形的琴音／天籁的声息自古以来隐若不散／艾蒿琴弦一样抖动红色小花／浆果的音符跳跃草尖树巅／林木拉直的视线直连云霄／回到平原的哨兵坐立不安／公园里的白鹤多像哨所的鹅群／出差城市的士兵人人怀揣一提灯盏／那是丛林放飞的一个个小月亮／夜晚的墙壁岩石一样光怪陆离／卧床多年的老兵突然整装起身／在亲人的不解中动作麻利／在所有人不以为然的埋怨里／它听到了一种荡人心魄的召唤／比林涛亲切绵长比山雀悦耳动听(《丛林深处的呼唤》)"。

当我们沉下心来，那曾经记忆犹新，且印象深刻的场景似在眼前，时光深处的清泪正赶在时间前面"朝一个方向劲舞"，此情此景让人恍惚一片，千年的等待，期盼着巉与春天同行，再读承强你的精彩诗歌……

因为"它听到了一种荡人心魄的召唤"，诱惑着每一个生灵，梦回人间。

2017.11.11初稿

2018.4.2改定

# 心中有爱不需言
## ——读军旅诗人周承强的诗

黄超就

丁酉初冬，承蒙军旅诗人周承强老师赠我诗集《亲人在梦里唤我》和他主编的新一期《剑麻诗刊》，从而得以拜读诗人的军旅新作。一直为生活奔波未能仔细拜读，趁春节抽空欣赏诗集，感觉应该写几个字表达学习之情。

在诗人这本诗集里面，读到了诗人贴近现实忠于生活关注社会底层顽强小人物的命运，无论部队或者社会上，大的小的关于细微的个案都曾是普遍现象，所以诗人用语言提炼崇高的诗句，一种植根于心底敢于担当的大爱，一种感同身受悲悯而不悲伤的情怀，理性的感悟把自己的情感掩藏如摄影机一样，简洁、轻盈、阳光、精准。没有过多的渲染与抽象，用平白朴实的语言描绘着独特的真情实感，在良心上引人共鸣。诗人生活工作在部队，对边疆士兵的命运与心路历程刻画较多，读起来真实感人，仿佛身临其境，引人深思，激人心魄，翻阅诗集第一辑《鸽子飞上哨楼》，这种感觉尤盛，兴趣愈浓。《老兵的性格》一诗把即将退伍不能留队的落寞留恋、刚毅且淘气的心情准确地挖掘出来，让人醒悟士兵其实也是一个大男孩，有着不屈不挠的可爱傻劲让人捧腹："秋深了，蝉鸣淡了／哨所草被风中泛黄／一场雨时浓时淡飘浮不定／凉意从竹叶上垂下几滴露水／似曾相识的虫卵在山坡上／蜕下一些黄壳，透亮如贝／老兵小吴把衣什杂物打理成包／在对面山岩上刻下纪念词／静静等待最后时刻来临／两年了草叶早成了梦中情侣／一到深秋就怀揣露水含情脉脉／哨长说士官指标屈指可数／秋天由绿变黄越走越远／过去时光像一节蜡烛／守起来漫长燃起来短暂／不是每一棵榕树都能独木成林／你在山中默默行走两年／仍有一些花草陌然不识／悬在峭壁上摇头晃脑／小吴指着这些调皮鬼说别神气／下次叫咱儿子拾掇你……"这些读起来总能抓住读者心弦的诗句，如一幅画面缓缓展开，让人有一种鲜活的在场感，心绪为之一震。要知道即使很优秀的士兵要留队，但竞争也很残酷，想来也是大多数优秀退伍士兵，最后无奈的选择。诗人对老兵小吴过硬的心理素质和精神状态描述十分到位，读完有一种如沐春风的感觉，让人对作者的技巧与文笔折服。

"自己给自己种菜做饭／自己给自己站岗巡逻／一个人围着小屋跑步出操／一年只有一次接受几分钟的检查／哨所荒地贫瘠偏远／风铃不时传来午夜怪叫……《常被遗忘的通信兵》。"诗中描述的这些只有在电影电视上见到的画面，其实离我们并不遥远，只是有人在默默承担我们感受不到罢了。这样的士兵长年累月守护着祖国边关的一草一木，忍受长期的孤独，这种奉献精神让人心痛，并非空喊几句爱国口号那么简单。这是无声的大爱，默默守护着祖国的每一分利益，是当下一些普通人欠缺的境界，诗人用简洁的笔墨无声地讴歌，这些值得一生尊敬的战友，反而更易打动人心，艺术张力更强烈。

在《告别仪式》、《连长手臂》、《怀念阿民》等诗篇里我们再次感受到军人这种职业巨大的牺牲性和不可预测风险，在和平年代，大家都不知道危险依然相伴军人。而阿民最终只能光荣地埋在烈士陵园外围，亲人没提一个要求的豁达胸怀让人感慨 。这就是我们朴实而伟大的农民，他们的默默奉献情怀在忍耐中更显人性光芒。连长的手臂不单飞得不见踪影，还有病妻的无处透气，和寄来的一大沓离婚信，对于军人来说，牺牲真是无处不在，无时不显，对此，没有一种崇高的奉献精神是做不到的……那天连长手臂成了离弦之箭 / 小个士兵被射进掩体得救 / 弹片土石肉末横飞 / 零散霞光喷红长空 / 连长手臂飞得不见踪影 / 一群大男人抽噎着找来找去 / 发现一堆连长嫂子寄来的离婚信 / 蓝布信袋微风弧状翻滚波涛 / 在家乡儿子的病吂昼夜连绵 / 一朵乌云压得病妻无处透气……诗人聚焦军营，通过朴实无华的诗句展现那些老兵对新兵非同寻常的爱护与责任，那些危险面前我先上的大无畏气魄，那些不计得失无私奉献的高大身影……都成了最好的灵魂洗礼器，诗中场景处处见胸怀，生活丝丝含博大，人物个个显英雄，这种新时代的军人形象感人心怀，催人奋进。读完诗篇，相信大家也为连长一家坚韧沉重的命运而无所适从，有一种令人欲探其事欲明其理欲申其节的参与感，油然而生一种竭力帮助连长一家缓解压力的关爱情愫，让人过目难忘，回味悠长。

从诗人这些简洁锋利的诗歌里我们突然明白，为什么朗朗上口的诗歌会得到老百姓喜爱。如李白《静夜思》：床前明月光，疑是地上霜；举头望明月，低头思故乡。寥寥四句，简洁明快又意象盎然，把所思所想与大众知感瞬间融为一体升华，直达心灵。这才是诗之存在的必要，明心志，启魂灵，唤起更多良知共鸣。由此联想当今诗坛一些现象，老百姓不会去读那些晦涩难懂，而又百读不得其解的所谓大诗人作品，而是从生活出发直抵艺术之门，自然喜欢周承强此类风格的诗篇。

纵观历史上，作品能久远流传，都是适合老百姓思维，并且合乎中华民族传统道德与情感常理的佳句。我们读到诗人这本诗歌集里许多这样的作品，如《拥抱北部湾》《云过白松岭》等等，让人耳目一新。"白皮松上看彩云／绝岭处处起云烟……"这样的诗句开篇即引人入胜，质朴清新，情趣高雅。这也是读者喜欢看到，想说而又说不出的心中情景，这样入情入心的佳作为诗集增色不少，也是诗人艺术涵养内在情感喷发的自然流淌。这种佳句可遇不可求，并非苦思冥想能写出来，确是不可多得，可喜可贺。

令人眼前一亮的还有诗集第三辑《新鲜味道》里，诗人把目光投向广阔天地的劳动人民，关注社会底层的生存状态，直面社会丑恶，激浊扬清，一切虚伪肮脏的东西用凝思的诗句记录，有滋有味。如《新闻幻象》、《新鲜味道》等诗篇，越读越爱，越思越深。"养猪大户老贝被强拆了大片场房／拐着被捅伤的瘸腿四处申冤／曾经的万元户大牛成了温顺贫困户／微薄的赔偿金不够小镇新房首付款／这个失地农民无家可归／背着铺盖到处打零工／表妹的阔大别墅转眼成废墟／她当局长的表叔也无能为力／六口之家抗争三天一无所获／一个个被强行扫地出门……"这些针砭现实的诗境意象都是大地上随处可见的生活缩影，诗人用他悲悯同情又无奈的笔触，刻录着生活的点点滴滴，默默注视着那些弱势群体生存的困境，诗中展现的那种说不出的疼痛，和伸张公平正义的博爱之心跃然纸上。

全球关注转基因食品，讽刺那些骗子奸诈的笑脸，拷问着谁该对这个毒粮问题负责。这些便是一个诗人应有的良知，佩服作者捕捉诗意对生活敏锐的感觉，一种秉持正直正气回荡在字里行间，让人静静地回味，自觉得出一份道理一种情怀。"……领导在电视里咬着转基因玉米／如数家珍地显摆此类食品优点／说法儿新鲜又诱人／饱含热泪的脸盘亲切温暖……" 这些作品让人从中感受到诗人在呼吁些什么，声张什么，批驳什么，读之一目了然，极易产生共鸣。难得诗中没有一句指向性的目标暗示，却有尽得前人 "不着一字，尽得风流"的化外技巧，让人熟读不厌。

《想起陌生的故人》一诗里，为了多年前一个小小受助而念念不忘，可见这是一个拥有传统滴水之恩涌泉相报美德的心灵，与现实中贪婪狡猾，无耻掠夺，为利益而甘愿为奴媚骨尽显的丑态截然不同。难得作为一位领导，诗人还记得一个叫良丰的小村，一位矫健善良骑自行车的山民，在崎岖的山路奋力蹬车。其实纯朴的山民只是觉得举手之劳不足挂齿，也许可能早已忘记，可是受助者隔了多年还挂记心坎，可见诗人感恩之心多么厚重热烈，假若二人能再度相见，彼此应该都认不出对方吧，这本身蕴含着一股感人诗意。

很多人一提到军旅诗，便想到"醉卧沙场君莫笑，古来征战几人还"的名篇（唐·王翰），或是王昌龄的《出塞》诗： "秦时明月汉时关，万里长征人未还；但使龙城飞将在，不教胡马度阴山。""黄沙百战穿金甲，不破楼兰终不还（唐·王昌龄）。匈奴未灭，何以家为(霍去病）。近代的：谁敢横刀立马，唯我彭大将军（毛泽东）。"那些战场上，气吞万里如虎，义薄云天舍我其谁，英气凛凛的高大形象，令人热血沸腾，心生爱慕。确实，这些读起来让人血脉贲张的千古名句固然值得称道，但是，现实总不能永远这样的，否则便没有和平的生活了。当然那些指点江山让人激昂的诗句，激励了一代又一代人民，这种精神应该发扬。但是，不在那个环境状态下，仅靠热情想象而成的作品是虚浮的，怎能有立足点。再说，现代战争的工具与武器，已不是过去落后的大刀弓箭了，如果还要像过去这样写法，读者肯定不会认可，自然很难产生共鸣。

又有一种边疆军旅诗，如："月黑雁飞高，单于夜遁逃；欲将轻骑逐，大雪满弓刀（唐.卢纶《塞下曲》)"。大漠孤烟直，长河落日圆；萧关逢侯骑，都护在燕然。（唐·王维《使至塞上》）。时代不同，边疆不同，使用的工具不同，处境也不同了。另外，那种苍茫镜象，在岭南边境一年葱绿四季之中，是不会存在的。同在一个地球上，现代交通便利，不再像过去传信靠快马接力。苏武牧羊十年未回，音信断绝，仅凭个人意志与毅力坚守；这种情况永远不会再发生了。当今国家与国家的利益冲突，首先是谈判沟通，不再像古代随便抢夺。小说和电视上，那种一言不合大刀一挥，战马冲杀只是娱乐而已，现实已不会这样。

大家看看万里长城吧，古代筑城即为抵抗外族袭扰而一点一点建成的，经历几个朝代才是我们现在见到的长城。因此，双方实力接近便会握手言和，和平，是靠实力维持的，没有实力任谁都会来踩踏，所以和平时期也要保持强大军力和防御水平整体提升。

读周承强的诗，是能感受这种历史纵深感的。无论是《战士情怀》里的诗句"……新兵精确点射的靶场／单杠上飘荡的'秋千'／继续晃悠梦想和传奇／传说中将军百战终不还的场景／／多少年了让人盼得泪水涟涟……"还是《归队士兵》里的画面，我们都能见到这种优良的传统得以延续。"每年春暖花开时节／他都拄着拐杖返队／在曾经住过的班排／抚摸一下别人被褥／到烈士陵园听听老战友／给全营官兵作一次报告……他仍然是连队在编的一员／一位早已超过服役期限的老兵／一位握过中央首长双手的一等功臣／一位曾经排过千枚地震的搜排手／一位炸瞎双眼时年仅二十岁的青年／一位年年退伍都被拒收的士兵／一位特批在家疗养的一等残废军人／每年春暖花开时节／白发苍苍的老母亲都会陪他返队／……他的母亲每年都欣慰地告诉连长／这是儿子一年中最高兴的日子……"每当读到这些百感交集五味杂陈的诗句，有一种令人酸痛喑哑无言而伤的感觉，一种祈求和平远离战争的渴望油然而生。

综合而论，作为军旅边疆诗人，这是一本现代写实的诗集，题材广泛，不拘一格。诗人不单把自己的日常工作做好，并且是在时代的浪潮下细心发挥艺术感受，不像某些诗人站在高处，让云雾遮蔽双目。所以我们在诗集里，得以拜读作品不回避社会偏差，诗人也是忠实记录历史的歌者。而且，难得的是整部诗集没有明显倾向，读起来感觉是纯洁而青蓝的，优雅冷静的笔调，抒写着绿色军营与社会那些微小苍生的事件，没有时下许多诗人抒发小情绪的矫情："我等待着月亮升起／等待心上人如风般温柔……。"那些盲目的沉醉，对社会的麻木与无知，在这部诗歌集里没有出现。这是一个真正的诗人对社会对历史的艺术担当，可喜作者做得到位。

诗集第四辑《长诗自选》，收入诗人长诗《温暖的手臂》，记录了汶川大地震后官兵、官民施救与被救那些舍小家顾大局的感人事迹，诗人用一个个小场景记录，串联成一首八百多行的长诗，包括灾后重建都进入了诗人的艺术视野，轻盈而优美的文字，使人读完有种从头要再读一次的感觉，没有受到当下流行晦涩奇崛艰险，或是下半身写作反而捧成好诗的现象影响，也没有许多军旅诗口号式颂歌式的影子。诗人目的明确，诗是让普通人阅读的，必须能直接走入人民当中，必须要记录普通民众的所思所想。所以诗人把追玄蹈虚化为简洁锋利，朴实有味而不流于口水，这样的诗歌才真正适合大众阅读。

"他们出生在唐山大地／每一个家庭都有／失去亲人的痛苦记忆／他们深深铭记着／血浓于水的同胞情意／当年的救援故事／使他们常怀报恩情怀／他们曾是海军战士／至今仍然保持着／灾情就是命令的行动习惯／虽然有的下岗有的打工有的种地／却异口同声地凑钱租车赶赴灾区／一连十余天奋战灾情严重的北川……"诗人不单是只把目光投向部队，讴歌现役子弟兵。也极力把奉献为乐，重情重义不计报酬的义工尽情书写，一曲曲大爱的颂歌感人肺腑。从底层民众自发凑钱千里奔赴救援，到华益慰医疗救援队，还有个体医生罗执金带着药品

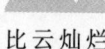

捐款千里奔进，抛弃生意的救援志愿者尹春龙等等感人场景和英雄人物引人关注。这些平平凡凡的身边人，干着平凡而又伟大的事情，他们没有冷眼旁观，流几滴同情的泪水，喊几句口号式的语录。而是赶快行动让灾民少点痛苦多点安慰，尽自己之力多干实事，不计报酬名利，哪怕累倒也要多贡献一分力量而心满意足，这本身就充满诗意，感慨作者的艺术敏感和匠心独具。

诗歌升华读者的思想境界。援灾救险人人可为，志愿者们并非物质富有之人，但是精神富有强大，只是觉得灾区需要，就要尽自己绵薄力量减轻灾民困苦。这种互助大爱是传承中华传统美德，这样的行为让人敬仰，值得讴歌。这也是诗人敏捷的思维感触与丰富的捕捉诗意技力的体现，从侧面反映了人民的觉悟与担当，和当下不择手段巧取豪夺丑恶的嘴脸形成鲜明对比。感谢诗人写出这些优美的诗篇，让我们能窥见军营里与救灾一线的实景。是的，只要心中有爱，生活处处便有阳光。让我们携起手来，共同努力维护共享这份阳光。盼诗人今后写出更多贴近现实的优秀作品奉献给社会，把握时代脉搏，在历史斑斓的星辉里，增添一份人性大爱和艺术张力合奏的金曲。就用诗人长诗最后一节《尾音》来展望未来作为结尾吧，前景光芒璀璨："灾难即将过去／忧伤也会一去不返／在记忆苦涩的时候／希望和力量相伴相随／让我们手挽手心连心／在废墟上重建一个新世界／鲜花还会开遍家园／温暖的阳光奶液一样流淌。"

2018.2.14初稿于南宁

2018.3.28修改于佛山

# 铮铮铁骨铸诗魂
## ——周承强近期诗歌简析

**梁梅霞**

准备给诗人周承强的军旅诗歌写点评论，有一些日子了。可是这段时间杂事拖累多，很难静下心来读诗，一直为此惴惴不安，今天终于可以了却心愿了。周承强是一个在军旅诗歌创作方面颇有成就的诗人，在长期的军旅生涯中形成了自己的诗歌艺术风格和特点。"突出生活现场感，写出心中的疼痛。"这是他一直坚持的诗观，是打开他诗歌城堡最好的金钥匙。

诗歌离不开生活，它让我们看到平凡生活中的亮点。军人身份的诗人周承强，他的诗歌带有明显的军旅特征，军人的特殊意韵已经融入他的骨子里。读他的诗歌，一个个生龙活虎的兵士，以真实的面孔呈现我们面前。在这些清新质朴的文字背后，我们看到军人的爱情、疼痛、寂寞和幸福，感受到军人的铁骨铮铮、豪情万丈。军人，为了祖国人民的利益，甘于奉献牺牲自己，是我们心中最可爱的人。军旅诗人周承强以抒情的笔调，给刚烈坚硬的军营生活抹上一缕浪漫温馨的诗意。

《雾夜哨台》是周承强诸多军旅诗歌中比较典型的一首，诗人以电影镜头的慢推进给我们打开这样一个画面：

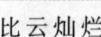
"大雾兜住满天星光 / 松鼠的灵气随风飘曳 / 哨台托起的气息蒸腾入梦 / 月光在树空一闪而过 / 花朵依然保持白昼的光泽 / 枪支在夜色深处不为人知"。一个浓雾弥漫的夜晚，没有星星，偶尔有月光在树梢上闪过，一所哨台被雾气包围着，这样的环境给人的感觉很沉闷。但机灵的小松鼠跳来跳去，这一动态景象的出现，把人的感官一下子调动起来。这种先抑后扬的写法，极大地满足了阅读顺应性，使我们有兴趣继续追读下去。

接下来的一节，"出山的路径已迷入雾团 / 岩石顺着雾纱爬上哨台 / 沉重的不是白天的心事 / 军装的温暖和月光一起不可抗拒 / 雾中的旗杆高不见顶 / 暗处走动的都是花朵的声音"。浓雾继续加重。出山的路径看不到了，高高的旗杆看不到了。远离家乡，远离人群的哨台，本来就是孤独单调的，再加上这样的浓雾天气，其中的寂寞荒凉可想而知。而我们的军人，心中装有美好，"军装的温暖和月光一起不可抗拒"，他们听到花朵在暗处走动的声音。诗人透过表层去感知事物。军人的内心世界因此丰富起来。冷硬的岩石，诗人赋予了血肉可感的生命力，"岩石顺着雾纱爬上哨台"。这样的诗句使得诗歌语言流动起来，自然清新的语境，构成了周承强诗歌艺术的基本框架。

第三节也是这首诗最后的小节，生活的鲜活真实，出意境、出精彩。很多诗人在现实生活面前退下阵来，而诗人周承强，却在生活中发现真善美，发现感动和意象。"影子在夜里悄悄回归身体 / 梦境的片断比雾色朦胧 / 千里云雾中孩子不停呼唤爸爸 / 路口在白昼也会不见尽头 / 大伙说那是一团迷失的云彩／随着脚步的推移越走越远"。军人也是人，他们也有丰富的感情也有绵绵的相思。劳累了一天的战士睡着了，肯定做了一个好梦，一句"千里云雾中孩子不停呼唤爸爸"，顿然让诗意抵达高潮。

诗歌是把有节奏精于意韵的一种语言艺术表达形式。现代诗歌虽然没有像古典诗歌那样有格律押韵的要求，但是布局结构中设置一些相关联的节奏，反复有序地让诗歌的行程有规律地挺进，像大海的潮水，一浪接着一浪地涌上来，能展示出一种独特的音乐艺术美。周承强的《喊山的意蕴》，就是通过节奏化的处理，构成荡人心魄的旋律，激起人们的共鸣。诗中三个小节的开头是这样处理的，"黑夜就是一口气，黄昏时刻……寂寞就是一口气 无奈时节……忧愁就是一口气 痛苦时分"，用"一口气"作为主线，重复渲染，层层递进，诗歌的音节是奔跑的，夜幕笼罩着峰峦和万物，这样一个黄昏时分，在大山之巅，只有"喊"才能把忧愁和痛苦释放出来，只有"喊"才能让寂寞的孤影不再孤单，"……哟……嗨……哟……嗨……"放开自在的喉咙，展开自由的胸腔，喊山的号子随着大山的回应连绵起伏，这里通过调动视觉和听觉等感觉器官来传达诗意的指令。而"沉沉夜幕蒙不住奔跑的峰峦／一只伤鹰鸣叫着划过昏暗天空／海潮的澎湃预示大风暴即将来临／一轮圆月过早地投影天幕"。意味着一个沉寂的大山，已被排山倒海的大风暴唤醒，原本沉闷压抑的氛围一下子消失得无影无踪，黑夜大山中的诗人看到了明月普照的美好。心胸豁然开朗，直到"一千块岩石转身与你喃喃对话……一千级石阶弹响世纪绝唱"。没有锣鼓喧天，没有轻歌伴奏，诗人在"绊倒

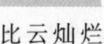

万把竖琴"的音乐海洋中徘徊徜徉，用心灵的琴弦弹响了生命的乐章。他对生活敏锐的洞察，通过联想、想象、夸张、拟人、比喻等手法的运用，渲染这夜幕的景象、这凝结的氛围、这铿锵的回音，将喊山的主题得到延伸和升华，荡气回肠，余韵缭绕。正由于周承强的特殊军人身份，他的诗歌具有了绿色的背景和骨性气质，通过他的诗歌一角，我们能看到军队的整体风貌。

　　不忘初心，勇守边陲的爱国主题是军旅作品中最常见的题材。周承强的一首《以水杉的姿态》，用饱含感情的笔调，以水杉作为喻体，突出塑造边防战士胸怀伟大祖国，满腔热血、前赴后继、无所畏惧的英雄群像。"一棵杉树挺立溪畔 / 直耸云天 / 昼夜窃窃私语 / 与鱼类相谈甚欢 / 一群杉树群集溪畔 ……山坡上水杉阵势壮阔一望无际 / 峰峦摆兵布阵由来已久 / 彩云在高处击打鼙鼓 / 那些杉树士兵前赴后继 无所畏惧 / 从岩缝从山谷从沟壑里挺身而出 / 每一片叶子都余勇可贾"。士兵作为核心意象，构成了军旅诗歌创作的独特景观。不管是水杉，还是其他的士兵指代意象，都揭示出士兵意象对于军旅诗歌创作的永恒意义和主体色彩。 从直耸云天的水杉进入，边疆哨所持枪而立的威武哨兵的高大形象一下子就确立起来，接着紧扣主题，直抒胸臆，草根的清香、壮阔的阵势、布阵的峰峦、阳光的瀑布、斑驳的印记……诗人在自己布置的方阵里冥思遐想，挥师千里，壮怀激烈。"一些梦想应运而生 / 一些情节神秘莫测 / 像戍边武士的前世今生 / 以水杉的姿态遗世独立"。这里虚与实相结合，在客观上提炼了现实元素的高度，使读者很容易跨越诗人的外化界限感悟其精神内涵。戍边武士的前世是一棵高耸的水杉，或前世是戍边武士，今生化为了一棵挺立的水杉，山巅的水杉无所畏惧的姿态，使它们成为了像戍边武士那样的英雄，水杉和武士哪个前生哪个后世都无关紧要，重要的是它们之间的共性，表现出来的优秀部分感人心怀。诗人以生命的激情，探索水杉隐含的精神血脉，他仰视它们，敬畏它们，构建起诗歌的硬度和张力。

我们再来看一下周承强的另一首诗《低不过溪流》，这首诗惟妙惟肖地描述了戍边士兵在灌木丛里匍匐前进，围着界碑巡逻的感受体验。"在瘦矮的灌木下低姿匍匐／我们总是把头手压得更低／把声音放得细小缓慢／让飞鸟先行叫虫鸣提前发声／我们总是对山脉丛林充满敬畏／围着界碑小心翼翼地走来走去／默默地与灌木蒿草站成一条直线／每一颗心比岩石镇定沉静／每一步比爬虫走得平缓稳重／一条溪流被我们围在中间顶礼膜拜"。开头极尽功力地表达让读者很快陷入一片瘦矮的灌木丛里，跟着一群匍匐的士兵被安放在一个严肃而神圣的位置，守卫边防，不负重托，不辱使命，在镇定沉静中把士兵意象诗意直观地呈现出来。"它沿着石缝凹地蜿蜒前行／哪儿低洼就把力量流向哪里／每一次拐弯都把身段压得更低／每一次下坡都把去路拓得更宽／巍巍山峰在它怀中相形见绌／煌煌月亮在它怀中闪光亮影"。人往高处走，高处不胜寒；水往低处流，低处纳百川。山峰有山峰的风景，低处有低处的力量。"我们与它默默相守山中多年／形影相照一路相伴又互不干扰／每当我们得意忘形地仰望山峰时／溪流总是哗哗地提醒我／河床越低溪水流得越远"。诗句中透露出一种深沉的哲

思，诗人对人生高度的提炼，不是张扬跋扈，而是低调，隐忍，与一条蜿蜒流淌的涓涓溪流形影相照一路相伴，抚平了心中的躁动和狂妄，语不惊人，却闪闪发光，感人肺腑，令人沉思，给人启示，呈现出生活的底色和人性的光辉。

突出生命现场感，诗意地栖居在大地上。军旅生活，英雄气概，军人本色，夯实了周承强诗歌的写作坐标。他是一个很接地气的诗人，他诗歌中所表现出来的对祖国和军队的热爱，是从生命现场这个土壤里生长出来的，这是构成周承强诗歌最朴实的要素，也正是我们这个时代所需要的精神和担当，期待他能写出更多反映人民子弟兵时代风采的精美诗篇来。